かくりよの宿飯　二

あやかしお宿で食事処はじめます。

友麻　碧

富士見L文庫

目次

ここは天神屋《てんじんや》。あやかしたちの住まう〝隠世《かくりよ》〟という世界に存在する、老舗《しにせ》宿。

隠世は今日も良く晴れている。

「暁《あかつき》、もうちょっと右よ」

「これでどうだ」

「そうそう、いい感じ」

私、津場《つば》木葵《きあおい》は、天神屋の離れの、古民家の目印でもある柳の木の下で、今まさに掲げられようとしているその看板を見上げていた。暁というあずき色の髪をした男が、高いはしごに上って金槌《かなづち》を持って看板を固定してくれている。

「あ、また傾いた。気を緩めたわね暁。もうちょっと上よ、しゃきっとしなさい」

「ちっ、人使いの荒い女め。こちとら出勤前だというのに……」

「あら。あんたが勝手に早起きしてきて、手伝うって言ってここへ来たのでしょう」

渋い顔をしている暁。いつもの天神屋の黒い羽織は脱いで、たすきがけをした濃紺の袴《はかま》姿《すがた》でいる。あずき色の髪は、早起きを思わせる寝癖つきだ。さっきからずっと、看板を固定する位置に手間取っている。

暁は天神屋の幹部の一人〝番頭〟である。彼の正体は土蜘蛛《つちぐも》というあやかしで、かつて私の祖父と共に、現世《うつしよ》で暮らしていたあやかしなのだとか。

そのせいで、私がこちらへ来た時は、いかにも私を嫌っている態度だった。だけど一緒に水餃子《すいぎょうざ》を作ってからは、そこそこ話しかけてくれるようになったのよね。

「おい葵、ならばこれでどうだ！」

「はい、オッケーよ。それが終わったら、お昼にいいもの作って上げるから、あとちょっとだけ頑張って」

「また飯で釣ろうとして、お前という奴は」

「ま、まあまあ……あはは」

暁にはキツい眼差しでぎろっと睨《にら》まれたが、逆に簡単に釣れてしまったのは、傍の芝の上に座り込んでこの様子を見ていた、雪女のお涼《りょう》だった。

「えー、ごはん出るのー？」

「あんたはさっきから何にもしてないじゃない。怠けているだけじゃない、お涼」

「ごはんが出るなら、私も頑張っちゃおうかなー」

お涼はショートボブカットの水色の髪を揺らしながら、気分良く立ち上がる。そしてさっきからずっとサボっていた壁磨きを再開したのだった。お涼は少し前まで〝若女将《おかみ》〟という天神屋の幹部の一人だったが、今はただの仲居である。

「って、お涼様、邪魔になるから庭の草でもむしっといてくださいよ」

「ちょっと春日《かすが》、それどういう事よ」

「だって気の抜けたお涼様が拭《ふ》いたら、壁が凍っちゃう」

さっきからせっせと壁を磨いているのは、同じく仲居の、化け狸の春日。元上司であるお涼に嫌みを言う事の出来る、食えない狸娘だ。

私はもう一度、暁によって金槌と釘《くぎ》で打ち付けられている看板を見上げた。

看板には〝夕がお〟と書かれている。これは天狗《てんぐ》の翁《おきな》である松葉《まつば》様が付けてくれた、もうすぐ開く予定の、私の食事処の名前だ。

「夕がお……かあ」

天神屋という巨大な老舗旅館の隅っこで、夕方からひっそりと開かれる、あやかしたちの為の食事処。だから夕がお。

今は夕がおの開店に向け、天神屋のあやかしたちに手伝って貰《もら》いながら、準備を進めているところだ。暁は看板を取り付け、お涼と春日は拭き掃除、お庭番のカマイタチたちが中庭を念入りに手入れし……

「葵さーん、ちょっといいですか？」

若旦那《わかだんな》である九尾の狐の銀次《ぎんじ》さんが、離れの中からひょこっと顔を出して、私を呼んだ。

銀次さんは内装をチェックしてくれていたのだった。

「あ、はーい。今行きます」

さて。私もサボってないで、働かねば。

「はい、みんなお疲れさま！　お昼におにぎり握ったから、沢山食べてちょうだい。冷たい麦茶もあるわよ」

外に出していた長机の上に、沢山のおにぎりをのせたお盆を置く。

あちこちで働いていたあやかしたちが、ここぞと集まってきた。

「えーおにぎりだけー？　私はもっと豪華なお昼を想像してたんだけど」

お涼が真っ先に文句を垂れたので、私は得意げな顔をする。

「なら食べてみると良いわ。ただのおにぎりだと思うのならね」

しかしお涼より先におにぎりに食いついたのは、中庭をいじってくれていたカマイタチたちだった。彼らは作務衣《さむえ》姿の、薄緑色の髪をした小柄で童顔のお庭番たちだが、何と言っても皆食べ盛り。口数は少ないが、その食べっぷりにはいつも感心させられる。

「あああっ、カマイタチたちに食べ尽くされちゃう！」

カマイタチたちの中に割って入り、お涼はおにぎり争奪戦に参戦。

「お前、おにぎりに文句を言っていたくせに……」

「お涼様もたいがい食い意地張ってるからなー」

暁と春日は並んで首を振りつつ、呆《あき》れた口調だ。

私はそんな様子を横目に、もう一盆、おにぎりを運んだ。暁と春日は争奪戦には参加せず、私の持つお盆からおにぎりを取る。

「ん？」「あ」

二人は一口食べて、分かりやすい驚きの反応をした。

海苔《のり》に覆われた大きな握り飯は、それぞれ違う味を隠しているのだった。

「わあ、これなに葵ちゃん。カリカリしていておいしー」

「春日のは、こんぶと梅干しとたくあんを刻んで、五穀米に混ぜ込んだおにぎりよ」

「……俺のは何だ……肉の味がする」

「暁のは、牛肉の細切れを醤油《しょうゆ》と砂糖で煮絡めて、白米で握ったおにぎり。甘辛くて、ボリュームがあって良いでしょう？」

美味《おい》しい？ と尋ねると、暁は「ふん」とそっぽを向き、相変わらず可愛げの無い反応を見せた。しかし三口ほどで食べてしまって、もう一つおにぎりを取ったので、まあ悪くは無かったのだろう。

「エビだ！」

向こう側のテーブルで、お涼が一口齧《かじ》った大きなおにぎりを掲げ瞳《ひとみ》を輝かせていた。

「プリプリのエビと……何これ？ 何だかすごくコクがある味」

「ああ……それは味噌《みそ》とマヨネーズで焼いたエビだからよ」

「まよねーず？ 何それ」

「ああ。あんたマヨネーズを知らないのね。隠世では見かけないものね、確かに……」

私の場合、卵と酢と油で手作りしたものだけど、この味が初めてだと言うお涼は、さっきから何度も食べて確かめている。

「まよねーず……まろやかでこってり……不思議な味」

「とは言え、あんまり食べすぎちゃダメなのよ。マヨネーズは凄《すご》い調味料だけど、高カロリーだし、中毒性があるって何かで見たから」

「……まよねーず……まよ……」

私の話はあまり聞いていないようだ。ぶつぶつ呟《つぶや》き遠くを見て、すっかりマヨの魔法にかかっているお涼。

食べ終わらないうちにもう一つエビ味噌マヨおにぎりを掴《つか》んでいた。

「……お涼ってあんな奴だったか？」

「あのね番頭様。お涼様は葵ちゃんに餌付けされて、すっかり丸くなっちゃったんだよ。番頭様も気をつけた方がいいよ」

眉《まゆ》を寄せ、シシシと笑う春日。

暁は口にしてしまったおにぎりをゴクリと飲み込んで、僅《わず》かに青ざめる。

「失敬ね。タダ飯食らいを飼いならしても、私に良い事があるわけじゃあるまいし」

「でも葵ちゃん。お涼様ってば若女将からは降ろされちゃったけれどさ、今の方が親しみやすくてあたしは好きだなあ。葵ちゃんのごはんのおかげだね」

春日は麦茶をごくごくと飲んで、もひとつおにぎりを手に取った。

そう。お涼は以前、私に危害を加えようとした事があり、その事件のせいで若女将を降ろされたのだ。それでも春日は、お涼をまだお涼様と呼ぶのよね。

「わあ、いいですねえ。おにぎりですか」

「銀次さん、お疲れさま」

今しがた作業に一区切りついた銀次さんが、たすきを解きながら外に出てきた。

私は麦茶を注いだ涼しげな切子グラスを手渡す。

「もしかしてこれらのおにぎりの具は、メニュー考案で余った材料で作ったのですか？」

「そうなの。沢山の食材を使ったでしょう？　ちょっとずつ余ったから、沢山の種類のおにぎりにしてみたの」

銀次さんは一番近くで夕がおの開店に携わっているだけあって、事情を察するのが早い。

耳としっぽが特徴の、銀髪の好青年という風貌《ふうぼう》だが、天神屋では若旦那の地位についていて、私にとっては最も身近な上司と言える。

「あ、そうそう。銀次さんにはぜひ食べて欲しいのがあるわ」

「私にですか？」

「これ。巾着《きんちゃく》のおいなりさん！」

お盆の一番端にならんだ、きつね色の揚げが特徴のいなり寿司。油揚げを青菜で、巾着のようにして結んでいる。

「へえ。見た目もとても可愛らしいですね」

「ちょっと手間がかかるけれどね。三つ葉の茎が余ったから」

銀次さんはよくよく観察して、「では」と一つ取って、口にする。

「……ほお。これはいなり寿司では珍しい歯ごたえです」

「焼き鮭の身をほぐしたものと、ごぼうと椎茸《しいたけ》を混ぜ込んだ酢飯なの。刻んだ大葉も混ぜているから、少し大人の味ね」

「風味が爽《さわ》やかで良いですね。いやあ絶品です。いなり寿司好きの私としては、たまらないですねえ」

「ほんと？　よかったわ」

これはちょっとした自信作だったので、銀次さんに気に入ってもらえて嬉《うれ》しい。

「まだまだ、いろんな味のおにぎりがあるからね。カレー味とか」

「えっ、カレー味があるのですか⁉　どれです？」

巾着いなり寿司を食べてしまった銀次さんが、今度はカレー味のおにぎりに反応し、ピコッと銀の毛並みの耳を立てた。銀次さんは楽しみな様子で一度しっぽを振って、お盆の上の無数のおにぎりの中から、カレー味のおにぎりを探す。

銀次さんが〝カレー味〟に、こんなに食いつくとは思わなかった。

銀次さんだけでなく、傍に居た暁や春日も、似た反応をしている。

以前、私は一度この隠世《かくりよ》から現世《うつしよ》へと戻った事がある。その際、無性にカレーが食べたくなって、現世のスーパーでカレーの材料を大量に買い込んで隠世へと戻り、天神屋のこの離れで作ったのだった。天神屋のみんなに振る舞ったところ、カレーライスはとてもとても評判が良かったのよね。

「あのとき買って帰ったルーやカレー粉が余っていたからね……えーと」

私はお盆に並んでいるおにぎりの三列目を指差し「多分この列はカレー味」と言って、一つ手に取った。齧ってみると、やっぱりカレーおにぎり。玉ねぎとほうれん草を刻み炒《いた》め、またコーンとご飯を加え、刻んだカレールーとカレー粉でピラフのように味付けし、炒め、握ったものだ。スパイシーなカレーの風味とコーンの甘さがご飯に良く合う。

「うん、個人的にはこのカレー味のおにぎりが一番好きだわ」

口をもごもごさせてそう言う私に、銀次さんはクスクスと笑い、「では私も一つ」とカレー味のおにぎりを手に取った。

「俺も食うか」

「私もかれーって好き。前に葵ちゃんが作ってくれたかれー美味しかったなあ」

銀次さんに続いて、暁と春日もまたカレー味のおにぎりを取る。そして結局、みんなしてこのカレーおにぎりを頬張った。

現世ではこどもから大人まで大好きな、家庭の味。

隠世ではカレーはメジャーではないのだけれど、お米に良く合う為か、ここにいるあやかしたちはこの味を喜んでくれているみたいだ。

「あ……そう言えば暁。フロントの方では、七夕まつりの準備は進んでいますか？」

「はい若旦那様。フロントの中央に笹を三本飾って、お客様には短冊を用意します。短冊用に薄切りの色板を発注済みです。ただ少し経費的な問題がありまして……」

「……そうですか。そこはお帳場長殿に掛け合うしか無いですねえ」

「俺、あのひと苦手なんですよね」

「私もです。しかし七夕まつりとなると、戦わなければならない時もあるでしょうね」

若旦那の銀次さんと、番頭の暁が、カレーおにぎりをつまみつつ何やら仕事の話をしていた。

この二人のこの手の会話を聞く事はあまり無かったから新鮮だ。何の話だろう。気になる単語もあったので思わず口を挟んだ。

「まだ五月なのに、もう七夕の話なの？」

「お前は馬鹿か。五月と言っても、もう中旬だ。七夕まではふた月も無いんだぞ」

「う……」

暁に馬鹿だと言われてしまった。暁に。

しかし、彼の言っている事はきっと正しい。言い返す言葉は見つからない。

「まあまあ。葵さん、七夕まつりとは、ここ天神屋ではとても大きなイベントなんですよ」

「そうなの？」

「ええ。天神屋だけではありません。ここ鬼門の地では、岩戸《いわど》の小山と天神屋を繋《つな》ぐ〝銀《ぎん》天街《てんがい》〟を巻き込んでの大規模なお祭りとなります。今から準備しても、遅いくらいなんです。多くのお客様がこの地に訪れるんですよ。いわば稼ぎ時です」

「か、稼ぎ時……」

「ええ。天神屋およびここ鬼門の地の商店では、毎年〝七夕まつり商戦〟を展開します。七夕まつりの為の期間限定の宿泊プランや、イベント、七夕仕様のお料理やお土産などを用意するのです。これは早いうちから準備するんですよ」

「何だか凄いわね」

七夕まつり商戦か……

銀次さんと暁はまたぶつぶつと仕事とか費用とかの話をしていた。あやかしとはいえ、彼らはお宿で働く根っからの商人。

もう一つおにぎりを食べつつ、お料理しか出来ない私には分からない世界だなと思った。

そんな時、ここ離れと本館を繋ぐ渡り廊下から、天神屋の大旦那様《おおだんな》がこちらにやってくるのが見えた。大旦那様の後ろには、のっぺらぼうの三姉妹もついてきている。

「あ、大旦那様」

「おや、みんな揃って葵の所にいるとはな」

大旦那様のお越しとあって、従業員のあやかしたちは皆慌てながら身なりを整え、頭を下げる。

「あ、お松《まつ》さん、お竹《たけ》さん、お梅《うめ》さん！　やだー何だか久しぶり!!　みんな元気にしてた？」

だけど私は大旦那様を通り過ぎ、その後ろに控えていたのっぺらぼうの三姉妹に駆け寄り、両手を広げ抱きついた。この三人は大旦那様付きの仲居で、私が隠世に来たばかりの時にとってもお世話になったのだけれど、最近は会えていなかったのだった。

「葵様。はい、みんな元気一杯ですよ」

三人は顔は無いけれど元気な様子で、そろって腕をまげ、力こぶを見せつける。

確かにすごい力こぶ……これならば元気に違いないわね。

「葵は、僕が来るより三姉妹が来た事の方が嬉しい様だな」

大旦那様はどこか面白く無さそうだったが、余裕もある眼差《まなざ》しだ。私はそんな大旦那様を横目で見る。

天神屋の大旦那様。鬼神であり、隠世でも八葉に数えられる、有名な大妖怪《ようかい》だ。

ついでに私の婚約者らしい。身の上話を少しするのなら、私はつい最近までただの女子大生だった人間で、クズとして有名な祖父の借金のカタとして、この隠世のお宿〝天神屋〟に連れてこられたのよね。

私は大旦那様に嫁入りしなければならなかったのだけれど、結局それを拒否して、借金を返す為に働く選択をしたのだ。天神屋の離れで、食事処を開くと言う選択を。

そして今、まさに食事処の開店に向けた準備が進められているところだ。

「大旦那様、何しに来たの？」

「それは酷《ひど》い言い草だな葵。夕がおの様子を見にきたに決まっているじゃないか」

「そうなの？　あ、大旦那様もおにぎり食べる？」

「………………」

大旦那様は腕を組んだポーズのままいそいそとこちらまでやってくると、おにぎりを一つ取って、食べた。

あ。大旦那様のは、味噌《みそ》焼きおにぎりだ。特製の甘辛い味噌ダレを、シラスを混ぜ込んだおにぎりに塗って、七輪で焼いたもの。まだ温かくて香ばしいはず。

「……どう？　それは多分、当たりなんだけど」

さりげなく尋ねると、夕がおの看板を見上げていた大旦那様はふっと私に微笑みかけ

「美味いよ」とだけ言った。

全く。本心はいつも通り読めない鬼だわ。

「しかし立派な看板がついたものだ。開店までの準備は整ったと言ったところかな、銀次」

「ええ大旦那様。元々食事処だったこともあり基盤はありましたから、準備はひと月程度で済みました。あとは……まあ、鬼門ですから……」

「客がここに気がつき、足を運ぶか、と言ったところか」

「ええ。度重なる失敗のせいで、お帳場はこの離れの予算を渋りがちです。これはもう私の責任なのですが、宣伝費なくしてこの場所を知ってもらえるかどうか……」

今度は大旦那様と銀次さんが、こそこそと不穏な会話をしていた。こちらとしては不安にかられ冷や汗まみれにもなるが、「まあなんとかなるでしょう！」との結論に至り、あっけらかんと笑う二人を見て、ずっこける。

「全く……あやかしってほんと適当ね」

「葵しゃん葵しゃん⁉」

「あ、チビ。あんたどこに行ってたのよ」

私が現世から連れて帰った手鞠河童《てまりかっぱ》のチビが、いつの間にやら足下にいて、着物の裾《すそ》を引っ張っていた。手鞠ほどの大きさの、ぷにぷにした愛らしい河童だ。

「向こうの池で泳いでいたのでしゅ。皿に水を補給しないとかっぱは干涸《ひから》びて死んでしまうでしゅ。……でも危うく鯉に食べられかけたのでしゅ……」

「あんた、ただの鯉にまで食べられかねないほど、弱っちいあやかしなのね」

チビのほっぺに齧《かじ》られた跡がある。あまりのひ弱さに泣けてきた。

手鞠河童は見た目の愛らしさを武器に現世の荒波を生きてきた河童だが、このチビは特に弱く仲間にも見捨てられ、私に拾われて隠世にやってきた。

愛くるしい様子で両手を広げ「お腹が空《す》いたでしゅ」と媚《こ》びるチビ。私はお盆からおにぎりを取ってチビにやった。

「わー、梅きゅうでしゅ」

「きゅうりは好きでしょう？　食べて、そのほっぺの傷を治すのよ」

チビはその場に座り込んで夢中になってくちばしを動かし、おにぎりを食べていた。

私の手作りごはんには、あやかしの霊力を大幅に回復させる術が組み込まれているらしいから、これでチビの傷が癒《い》えたらいいな。

そんな時、トントンと肩を叩《たた》かれた。振り返ると、大旦那様が傍にいる。

「葵、夕方から少し外に出ようか。この鬼門の地の大商店街〝銀天街〟をまわろう」

「外？　天神屋の？　でも、私お店の準備がまだ終わっていないわ。大旦那様と遊んでいる暇は無いのだけれど」

せっかくのお誘いなのに難色を示す、我ながら可愛さの欠片《かけら》も無い私。大旦那様は僅《わず》かに目を細め、ごほんと咳払《せきばら》い。

「驚く程つれない娘だな。最近は開店準備で忙しくしていただろうから、少し息抜きをした方が良いと思ったのだが……そうだ、美味い名物も沢山あるぞ。奢《おご》ってやろう」

「それは悪く無いわねえ」

美味い名物、奢ってやる、という言葉には簡単に引き寄せられ、ぐらつく私。

天神屋の外には滅多な事では出してもらえないため、実のところ興味はあるのだ。

「食事処を開く事になれば、銀天街とも何かしら関わりを持って行くでしょうからね。銀天街を巡り、この土地で商売をするあやかしや、特産品や郷土料理を知っていれば、料理にも活《い》かせるでしょうし、良い事ばかりですよ葵さん」

「それは……確かに銀次さんの言う通りね。お宿に来たお客様は、この土地の旬の味覚に興味があるのだろうし……なら、準備は少しお休みして、銀天街に行ってみようかしら」

私は銀次さんの一押しに説得され、素直に頷《うなず》いた。しかし大旦那様は、なぜか面白く無さそうな顔だ。

とは言え結局、夕方から大旦那様と銀次さんと三人で一緒に外出する事になった。滅多に無い事だし、美味《おい》しいものが食べられるのならとても楽しみ。

「ではでは葵様！　せっかくなのでお風呂《ふろ》に入って、お化粧をして」

「綺麗《きれい》なお着物に着替えましょう！」

「髪も結い直した方が良いですね！」

外出すると言う事で、のっぺらぼうの三姉妹が、松竹梅の順番で興奮気味に私に迫る。

この三姉妹はいつも私を改造したがるのだ。私は簡単に担がれ、お風呂に入れられ化粧を施され、ちりめんの藤柄の着物に着替えさせられたのだった。

夏を前にしたこの季節。

涼しげに結い上げられた髪には、着物の柄にはあまり似合わない、大旦那様にもらった椿のつぼみの簪《かんざし》を挿した。それは水色の花を添える事で、初夏の趣を帯びる。

椿のつぼみは、まだ開かない。

第二話　あやかしたちと銀天街

「わあああ、きれー！」

銀天街《ぎんてんがい》、という大商店街がある。

それは鬼門の地の、境界の岩戸《いわど》を祀《まつ》る小山と、老舗宿《しにせ》「天神屋《てんじんや》」を結ぶ大通りの事だ。

まだ、空には薄いオレンジ色と紫色のグラデーションがかかっている。

太陽の沈んだ瞬間から灯《とも》る、大商店街の灯籠《とうろう》や提灯《ちょうちん》の光は色とりどりだ。まるで金平糖をちりばめたかの様。

私は大旦那様に借りた鬼のお面を頭の横に着けて、大通りを先頭に立って歩いていた。

良い匂いはどこからもしてくるし、楽しげな祭り囃子《ばやし》も聞こえてくる。

何より賑《にぎ》やかだ。まるで縁日の様で、だけどそれは、ここ銀天街の日常なのだった。

「葵《あおい》さん、あまり一人で先に行っては迷子になりますよ」

後ろから心配そうに声をかけてきたのは銀次《ぎんじ》さんだ。

「大丈夫だって銀次さん。迷子になっても天神屋はよく見えるもの。いざとなったら天狗《てんぐ》の団扇《うちわ》もあるし、悪いあやかしに遭遇したらこれで吹っ飛ばすわ」

「……うーん。そういう発想が出てしまうあたり、やはり葵は恐ろしい娘だ」

大旦那様は眉間《みけん》に指を押し当て唸《うな》った。

「きっと史郎《しろう》殿譲りなのでしょう、大旦那様」

「そうだろうな。あまり考えないようにしていたが、やはり葵は史郎の血を引く孫娘なのだと、度々思わされる。少しばかり怖気《おぞけ》を感じるよ、銀次」

「ですよねー……実は私も……」

「聞こえてるんだけど」

人の悪口を言う大のあやかし二人。

私は祖父、津場木《つばき》史郎に似ていると言われると、どうしてもため息が出てしまう。だって祖父は、人間の世界でもあやかしの世界でもお騒がせな人だったんだもの。

正直、あの人と同じだと言われたらおしまいだわ。

「美味しいものを食べさせてくれるって言うから、お店の準備を放り出して来たのに」

「ふふ。ならばついておいで」

腰に手を当て文句を言うと、大旦那様が顎《あご》を撫《な》でながら、クスクス笑って私の前を歩く。

人ごみの中でも、大旦那様はよく目立つ。

天神屋の黒い羽織姿は、誰もが注目する出《い》で立ちだ。漆黒の髪の隙間から覗《のぞ》く紅結晶の様な瞳《ひとみ》は、その色味に反してどこか冷たく、いかにも鬼のものらしい。

まあ胡散臭《うさんくさ》い鬼だけど、整った見た目をしている美形と言える。あやかしたちの憧《あこが》れの的であるのだと認める程には、威厳もある佇《たたず》まいだ。

「おやあ、天神屋の大旦那《おおだんな》様ではないですか。ああ、それに若旦那様まで！」

銀天街を進んだ所に、なんとも甘く香ばしい匂いを漂わせる店があった。

大通り側からも見える鉄板で餅《もち》を焼いている、はちまきを巻いた老人が、大旦那様に気がついて声をかけてきたのだった。

「石蔵《いしぞう》殿、相変わらずお元気そうだ」

「はは。まだまだ現役ですからなあ」

のれんには〝甘味屋　星枝《ほしえだ》〟と書かれていて、星の紋が描かれている。

立てられた旗には「星ヶ枝餅あります」とある。

「おや、そちらの娘御はいったいどなたかね。あれま、よく見ると人間の娘だね」

老人は私に気がついた。

それにしてもこのおじいさんの耳たぶ、お餅みたいによく伸びているなあ。

「こちらは津場木葵。あの史郎の孫娘で、僕の婚約者でもある」

「え……あの史郎の？」

「あの史郎の、だ」

老人は分かりやすい反応をした。いかにも、「げ」と言いたげな顔だ。

私は気まずいながらもぺこりと頭を下げる。

「葵、こちらは小豆洗いの石蔵殿だ。銀天街で一番人気の名物甘味〝星ヶ枝餅〟を作り続ける名人で、この銀天街を支え続けてくれている職人の一人だ。星ヶ枝餅は、うちの土産屋にも置いているんだ。焼餅だよ」

大旦那様は石蔵さんに星ヶ枝餅とやらを三つ頼んだ。

石蔵さんはさっそく、小豆餡《あん》を包んでいる餅を、穴の空いた鉄板の上に並べ焼く。

甘く香ばしい匂いが漂い、私は食欲をそそられるのだった。

鉄板で焼き上げたその餅を、石蔵さんの後ろで手伝っていたにこやかな女性が紙に包んで、お盆に載せてこちらまで持ってきた。あ、このひとも耳たぶが長い。

「はいよ。焼きたてだから、舌を火傷《やけど》しないようにね、若奥様」

「いや、私はまだ奥様でも何でもな……」

「ほら葵、見てご覧。餅の表面に星の刻印が入っているんだよ」

「あ、本当だわ」

大旦那様は私の言葉を遮るようにして、餅の表面の星の刻印を見せつける。

「これは焼きたてが美味《うま》いんだ」

「そうそう。ここの星ヶ枝餅はやっぱり、焼きたてが最高ですねえ」

銀次さんもまた、わざとらしく大旦那様の言葉に賛同する。

私は結局〝大旦那様の若奥様〟というのを否定するタイミングを逃してしまった。何だかしてやられた気もするけれど、いてもたってもいられず星ヶ枝餅にかぶりついた。

紙に包まれた平たい餅は、外皮の餅がパリッと香ばしく、中のしっとりとした温かい餡子との相性が良い。甘さは控えめで、品と風味のある餡だ。美味しい。

お土産用に箱に詰められたものもあるが、水気が飛ばないようにしっかりとラッピングされていて、冷めるとまた別のしっとりとした食感になるらしい。

「食べ歩きにはちょうど良いでしょう？」

銀次さんがひょこっと私の顔を覗き込んだ。

「ええ、平たくて食べやすいわ。どこまでもお餅が伸びるって訳でもないし」

「銀天街を巡る観光客に評判が良い理由の一つです。現世《うつしよ》の梅ヶ枝餅や、松ヶ枝餅と同じ製法ですね。似たようなお菓子は隠世《かくりよ》にもあって、石蔵さんの作る焼餅はここ鬼門の地の名物となっております」

「へえ。私はこういうの初めて食べたわ。とっても美味しいのね、石蔵さん」

「ほ、そうか？　人間のお嬢さんに褒められると、ずっとこの餅焼いてきたかいがあるというもんだね」

石蔵さんは照れつつ、餅を焼く手を止める事は無かった。

私はこれらを焼く鉄板が気になって、じっと見つめている。妖火によって熱せられる鉄板はゆらゆらと熱気を帯びている。

「なんだお嬢ちゃん、こんなもの見て面白いかい？」

「石蔵殿、葵はもうすぐ、うちに食事処を開く事になっているんだ。調理器具の類《たぐ》いが気になるのだろう」

大旦那様はさりげなく、私の開く食事処について触れた。

「食事処？　もしかして、あの鬼門中の鬼門かい？」

石蔵さんはすぐに当てた。私は「知っているの？」と尋ねる。

「ああ、天神屋とは長い仲だからな。まあ……あそこは色々と大変だと思うが、うちも宣伝してやるからよ。頑張れ若奥様」

「え、ええ……って、若奥様じゃないわよ！」

やっと否定してやったぞ、と思った時にはお客がぞろぞろと列を作り始め、お店が忙しくなって誰も聞いていなかった。

後に銀次さんに聞いた話では、小豆洗いというあやかしは、一族総出で甘味の商いをしている者たちらしく、隠世の小豆餡のお菓子といえば小豆洗い様、と言われる程だとか。

石蔵さんは、最高に美味しい餡子のお菓子を求めて、若い頃は度々現世にも赴いていたらしい。凄《すご》い小豆洗い魂よね。

また銀天街をぶらついていた。声をかけてきたのはお茶屋の女店主だった。

掲げた若草色の看板にはでかでかと〝香椎《かしい》茶園〟と書かれている。

「そろそろ新茶の季節だね、お園《その》さん」

「そうだよ大旦那様、一番茶、飲んで行くかい？」

お園さんとは、すやすや眠る赤子を背負っている気前の良い三つ目のあやかしだ。

ちょうど美味《おい》しい時期である新茶を淹《い》れてくれた。お茶請けに、金平糖も一緒に。

「わあ……凄く良い香り」

「今月の頭に摘んだばかりの初ものだよ。八十八夜の一番上等のやつだから、香りも味も良いだろう？」

「八十八夜？」

「雑節さ。立春から数えて八十八日目に摘んだお茶を飲むと、一年間無病息災で過ごせると言われているんだよ」

お園さんは丁寧に私に説明してくれた。慣れた口調なので、きっとこの時期のお客にはいつも新茶の説明をしているのだろう。

お茶を試飲しながら店内をうろつくと、茶葉が缶や袋に詰められ、並べられていた。

品物によって値段が違い、王道の緑茶の茶葉も、高級品から普段使い用まで幅広く揃っており、麦茶、玄米茶、ほうじ茶などの茶葉、抹茶などもある。

また夏を前に水出し用のティーバッグも売られていて、隠世にもこの仕様のものがあるのだと驚いた。

「ねえ大旦那様、もしかして天神屋のお茶は、ここ香椎茶園のものを使っているの？」

「ああそうだよ。分かったかい？」

「ええ。一口飲んでそうかなと思っていたんだけど……この店内の匂いが、なんとなく大旦那様の奥座敷にも似ていたからね。まあ何と言っても、前に大旦那様に貰《もら》った抹茶の缶のパッケージが、ここのと同じよ」

「ほお……なるほどな」

目をぱちくりとさせて顎を撫でる大旦那様。

このやりとりがお園さんには面白かったようで、彼女はけらけらと笑った。

「天下の大旦那様のそんな顔を見られるとはね。やるじゃないか、鬼嫁のお嬢ちゃんっ」

「ぶっ」

せっかく美味しいお茶を堪能《たんのう》していたのに、鬼嫁と呼ばれたあげくに強く背を叩《はた》かれて、流石《さすが》に咽《む》せ込む。銀次さんも思わず噴き出して笑っていた。

「も……もしかして、妖都新聞を読んだんですか？」

「そうだよ。ずっと独り身だった大旦那様がやっと婚約なさったって、銀天街の婦人会はしばらくその話で持ち切りだったんだから。夢を見ていた若い娘たちはねえ、みんながっかりして三日は寝込んだって話だよ」

妖都での事件は、ちょうど先月の事だ。

大旦那様が私を妖都に連れて行ってくれたのだけど、そのとき大旦那様が公衆の面前で私を婚約者だとか宣言したせいで、翌日の新聞にでかでかと「鬼嫁あらわる」とか書かれちゃったのよね。

鬼嫁は流石に、酷《ひど》い。私が三日寝込みたかったくらいよ……

明後日《あさって》の方向を見ながらお茶請けの金平糖をぱくり。素朴な甘さだけだが慰めだ。

「でも嫉妬《しっと》した女の子は怖いよお。要注意ってね、若奥様」

お園さんは鬼嫁がどうのこうのと言うよりは、大旦那様との結婚を夢見ていた若い女の子たちの嫉妬が、私に向かないかが心配の様だった。彼女の背負った赤子までが、かなりふてぶてしい視線で「あぶー」と脅す。

私はもう一杯、お茶をいただいた。長生きできますように……

鬼門の地は温泉地という事もあって、常に賑《にぎ》わいを見せる観光地だ。

またこの銀天街は、さすがに天神屋のお膝元《ひざもと》とあって、大旦那様や銀次さんはとても有名だ。あちこちのお店のあやかしたち、道行くものたちから声をかけられる。ついでにタダで色々なものをくれたり、試食させてくれたりするから、有名人って凄い。

彼らと共に銀天街をぶらつくうちに、ここらで人気の名物や、特産品も見えてきた。

星ヶ枝餅は代表的な人気の名物甘味だが、香椎茶園でいただいた金平糖も有名な土産菓子だった。

色とりどりで銀天街の七色の提灯《ちょうちん》のようだから、銀天街という商店街を象徴するお菓子なんだって。金平糖はあらゆるお店の脇で、当たり前のように売られている。

また、有名な工芸品として鬼のお面があるみたい。

あやかしにお面は必須《ひっす》アイテムということで、どこの観光地でもよく売れるらしいのだけど、ここ鬼門の地は、その名とこの地を治める大旦那様にあやかった鬼のお面が人気なのだとか。道行くあやかしたちも、鬼のお面を身につけている者が多い。

おそらくご当地キャラクターのキーホルダーに近いものがある。要するにここのご当地キャラは鬼……

「それにしても、おっそろしいご当地キャラがいたもんだわ」

お面屋の店先に並んだ鬼のお面を手に取ってまじまじと見た。自分の身につけているお面もそうだけれど、大旦那様と見比べてみても、あまり似てはいないわね。

「何だ、人の顔をまじまじと見て」

「いいえ、鬼のお面と大旦那様はあまり似てないなと思って。でも鬼ってやっぱり、あやかしから見てもこんな強面《こわもて》のイメージなのね」

「まあな……鬼とはあやかしの中でも恐怖の代名詞のような存在だし、そうでなければならない。鬼だと言うと、子供を泣かしてしまう事は多々ある。鬼のお面もまた、子供を叱る時に役立てられる事があるのだ」

「へえ。悪い事したら鬼が来るぞーっていうあれね……人間だけの話じゃないんだ」

むしろ、あやかしたちの方が鬼の恐ろしさは知っている分、現実味がある気がした。

「……そう言えば、あのお面はあるかしら」

ふと、私はとあるお面がこのお面店にあるかどうかが気になった。

白塗りの、表情も飾り気もあまり無い、能面。それは、私を幼い頃に助けてくれた、とあるあやかしの身につけていたお面だ。

並んでいるお面を一つずつ見てみるけれど、ここには鬼のお面ばかり。赤鬼、青鬼、黒鬼、緑鬼……白い色のお面すら無い。

「何か気になるものがありましたか、葵さん」

「いえ……」

銀次さんに顔を覗《のぞ》き込まれ、私は慌てて、手に持っていた売り物のお面を置いた。

ちょうど顔を上げた時、背の高いあやかしが横を通り過ぎ、店を出ていったのを、一瞬見た。そのあやかしは、白塗りのお面を身につけていた気がしたのだ。

思わず、そのあやかしの背を追いかけ、回り込んでお面を確かめた。

しかし真正面から見たそのお面は、目元に笑みを浮かべた下膨れのおたふくの顔をしていて、私が探していた能面とは少し違った。

「なんだ、娘」

おたふくのお面のあやかしは、私の奇妙な行動に足を止め、すっと私を見下ろした。声は淡々としていて冷たく、とても低い。そいつは細長い首をこちらに降ろし、真正面からまじまじと私を見つめ、すんすんと匂いを嗅《か》いでいた。

「人間の娘？　この匂い。もしや……」

「え？　い、いや、まさか人間のわけ無いじゃない。いえ、ごめんなさい。ちょっと人違いみたいで……いや人違いというかあやかし違いというか」

「………………」

我ながら、言葉も挙動も怪し過ぎる。

思わず後ずさってしまい、私は「ごめんなさい」ともう一度言って逃げようと思った。

しかし背を向け、前を向いた先にも、そのおたふくの面があり、私はぎょっとする。

後ろに居たあやかしの首が伸びて、私の顔を覗き込んでいるのだ。

――こいつ、ろくろ首だわ。

「……え」

長い首に囲まれ、逃げ場が無い。私は額に汗を滲《にじ》ませ、背に挿した八つ手の団扇《うちわ》に触れた。いざとなったらこいつを仰いで、びゅーと……

「何をしている」

張りつめた空気は、その一声で解かれた。大旦那《おおだんな》様の声だ。

ろくろ首は私から顔を逸《そ》らし、真横にまで来ていた大旦那様を見て、首をしゅるしゅると引っ込めた。

「これはこれは、天神屋の大旦那様。ああ、それに若旦那様も。いつもお世話になっております」

ろくろ首は、思いのほか丁寧にぺこりと頭を下げる。

「おや六助《ろくすけ》さん。こちらこそ、いつもお世話になっております。農園の野菜や果実は、今年も本当に良い出来で」

銀次さんもまた、後ろからやってきてぺこりと頭をさげた。私は「ん?」と思った。

「葵、こちらは天神屋がお世話になっている水巻《みずまき》農園のろくろ首、六助殿だ。お前の食事処の野菜や果実も、こちらから取り寄せている。要するに、とてもお世話になっている方だ」

「……え、え?」

私は目を点にして、固まった。おたふくのお面を取り外し、そのろくろ首はにこにこしていて純朴そうな中年男の顔を露《あらわ》にする。

「いや〜、そちらのお嬢さんから、うちのきゅうりの霊力を感じましてね。人間のお嬢さんらしいですし、まさか天神屋の例の若奥様ではなかろうかと思いまして。迷子にでもなったのかなーと」

「……きゅうりの霊力？」

私は、きゅうりの霊力とやらが何より気になる。何だそれは。

あははは頭を掻《か》きながら、六助さんとやらは暢気《のんき》に笑っていた。

子供用の小さなお面を探しているんですよ、と他愛も無い世間話をした後、彼は「では、今後ともごひいきに」と足早に去っていった。

「はあ〜……まさか、お世話になっているあやかしだったなんて」

もう少しちゃんとご挨拶《あいさつ》できたら良かった。

それに、きゅうりの霊力って、結局なんだったのかしら……

「ん？」

あれ、何だか妙なプレッシャーを真横から感じる。

恐る恐るそちらを見ると、大旦那様が冷ややかな顔をしてこちらを見ていた。

「あまりふらふらとするな。迷子になってしまうと言っただろう、葵。六助殿だったから良かったものの、気性の荒いあやかしに目をつけられたら、一瞬で食べられてしまうぞ」

「だ、だって……ごめんなさい」

言い訳をしようとして、説明が出来ないのでやめた。目を逸らしがちな私に、大旦那様はため息をついて「全く」と呆《あき》れた様子だ。

まだ動悸《どうき》が鎮まらない。そんな私の様子を、大旦那様は少し察しているみたい。

「まあ良い。僕の傍を離れるな。……やれやれ、勝手にどこかに行く幼子を見る母親の大変さを、身をもって痛感しているよ、僕は」

「誰が幼子よ。そして誰が母親よ」

「まあまあ。葵さん、そろそろお腹が空《す》いてきませんか？」

銀次さんが私たちの睨《にら》み合いに割って入り、優しい口調で私の腹の具合を尋ねる。

それは、私にとって待ってましたと言うべき言葉だった。

「そろそろも何も、最初から腹ぺこだわ。焼餅《やきもち》だけでは全然足りないもの」

「なら、ここ鬼門の地に昔からある、郷土料理が食べられる店へ行きましょう」

「郷土料理？」

「ご当地グルメとも言うやつです。実は大旦那様が、すぐそこの店に予約をしてくれているのですよ」

「大旦那様が？」

もう一度大旦那様を見上げると、彼は口角を上げニヤリと私を見下ろした。

何だろう。負けた感が凄《すさ》まじい。だけど空腹には耐えられない。

導かれるままに連れてこられた店先の看板には〝天満《てんまん》食堂〟とある。また立てかけられているメニューの看板には、とり天御膳《ごぜん》とだけ書かれている。

「……とり天？」

「葵さんは、とり天をご存じありませんか？」

「名前から察するに、鶏肉の天ぷらってこと？　ああ、でもそう言えば、昔おじいちゃんがそういうものを大分の別府《べっぷ》かどこかで食べたって言っていたなあ」

私は食べた事が無いけれど、祖父が鶏肉の天ぷらの話をしていたことがある気がする。

祖父は全国津々浦々を移動する気ままな自由人だった事から、各地の伝統や郷土料理などにはとても詳しかった。

「でも唐揚げと何が違うの？」

「全然違うな。まあ、食べれば分かる」

大旦那様は私の背をぽんと押して、店内へと入らせた。

「……わ。ここの天ぷらは、ごま油で揚げているのね」

薄暗い店に入った瞬間、香ばしいごま油の匂いが立ちこめ、じゅうじゅうと天ぷらを揚げる軽快な音が響く。また作業をする大将の様子が、カウンター越しに確認できた。顔が無いのでのっぺらぼうのようだ。

個室の座敷席に通され、私は初めて食べるものへの期待感が膨らみ、そわそわし始める。

「とり天……待ち遠しいわね」

「そもそも、なぜとり天がここの郷土料理なのか、葵さんはご存じですか？」

銀次さんの問いかけに、私は「いいえ」と首を振った。

「ここ鬼門の地は、実に食火鶏《ひくいどり》の名産地なのです。食火鶏《ひくいどり》とは、燃やした木の皮などを食べさせて育てる、ここ隠世《かくりよ》特有の身の引き締まった鶏です」

「へえええ、隠世の鶏……興味あるわね」

と、まあ食火鶏も気になる事だけれど、私はさっきからもう一つ、とても気になっていた事があったのだった。

「ところで……銀次さん、なぜ今は子供の姿なの？　というか、いつからその姿に？」

「え？　あはは」

銀次さんは頭を掻いて、十歳程の子供姿でしっぽを振りながら愛らしく笑う。

大旦那様の隣に座っているから余計子供の姿が奇妙に感じられた。

「銀次、また僕に奢《おご》らせるつもりだな」

しらっと彼を横目で見下ろす大旦那様。銀次さんは笑顔のまま固まっている。

しかしすぐに大旦那様を見上げて言った。

「あれですよ。こうみると、まるで家族の様ですね。父、母、子供、みたいで……」

「……は？」「あ、いや」

銀次さんの喩《たと》えには、私も声を低くして聞き返してしまった。銀次さんは少し縮こまる。

しかし大旦那様まで悪ノリして、私に向かって意味深な笑顔を作るのだった。

「銀次のようなしたたかな子供はどうかと思うが、僕としては、我が子は沢山欲しいよ葵」

「そういう願望はチラシの裏にでも書いてちょうだい」

息継ぎも無く淡々と言い捨て、お茶を飲んで「ああお腹すいたー」とひとりごとを言う。

大旦那様も銀次さんもやれやれという顔。やれやれなのはこちらの方だ。

「……まあ良い。そう、銀次はいつもこうなのだ。時と場合によって変化の術を巧みに使い分け、他人の懐に飛び込む。そういうのがとにかく上手《うま》い。こうやって、ちゃっかり子供の姿になって僕に飯を奢らせようとするのも毎度の事だ」

「恐縮です。ご馳走《ちそう》になります」

ぺこり、と頭を下げる銀次さん。しかし顔を上げた時の、したり顔が末恐ろしい……

「褒めている訳じゃないがな。まあ、そこがお前の持ち味でもあるのだが」

大旦那様のため息、その後の小気味良く笑う顔は、なんだかんだ言っても銀次さんを認めている証拠のように思う。

しかし、なるほど。初めて会った時も、銀次さんは子供の姿で現れて、女姿や子狐姿にもなったりした。今でこそ青年姿の彼も見慣れたけれど、あの状況で最初から若旦那スタイルであったなら、私の警戒心も半端ではなかっただろう。

変化の術を使い分けて、他人の懐に飛び込むのが上手い。

こう評する大旦那様の評価は、正しいと思った。きっと商売をする上でも、変化の術を使い分けて上手い事やっているのだろう。

「大旦那様と銀次さんって、何だかとても気心が知れているように思うけれど、昔から天神屋で一緒に働いているの？」

ふと気になった。そう言えば、この二人はいつからあの天神屋にいるのだろう。

大旦那様と銀次さんはきょとんとして、お互い顔を見合う。

「僕は、天神屋では二番目の大旦那だからな。それなりに勤めは長いよ」

「へえ。大旦那様の前にも大旦那なんていたのね」

「長い歴史のある宿だからな……もうあまりに昔の事なんで、どれほど昔から働いているか、ちょっと忘れてしまったな」

詳しい事は話そうとしない大旦那様。絶対覚えているくせに。

だけどやっぱり、それだけ天神屋に長く居るって事よね。あやかしは長生きだから、人間の尺では計れない時間を、あの宿で過ごしているのだろうな。

「私は……よくよく考えると、天神屋では50年もお勤めしていないですねえ」

銀次さんもまた、腕を組んでう〜んと唸《うな》っていた。

「え、銀次さんって、ずっと天神屋に居た訳ではないの？」

「実のところ。天神屋での勤務歴は浅いですよ、私は」

とはいえ、すでに若旦那。通称、天神屋の招き狐、か。

50年って凄《すご》い長さだけど、あやかしで言えば、まだまだ、となるのだろう。

「でも、大旦那様とのお付き合いは結構長いのですがね」

ねえ、と大旦那様を見上げる子供姿の銀次さん。

大旦那様は何かを思い出すようにふっと笑って、頷《うなず》いた。

「銀次は元々、商売敵の宿に居た者だ。そこを僕が天神屋に来ないかと誘ったのだ」

「そうですそうです。言わば敵同士でした。しかし色々とあって、私は以前勤めていた場所から天神屋……というか大旦那様に引き抜かれちゃった訳ですね。結構ドロドロした話なので、こんな場所でお話しする事ではないですけれど」

「へ、へえ、引き抜き……天神屋にも色々な闇の歴史がある訳ね……」

でもそこまで聞いてしまうと、何があったのか気になるんですけど……

しかし詳しく尋ねる前に、件《くだん》のとり天御膳がやってきた。

「お、来たな」「良いお色で揚がってますねえ」

大旦那《おおだんな》様と銀次さんは、もうその話をすっかり切り上げ、とり天の方に意識がいってしまっていた。私もまた、しかり。

「わー、これがここの郷土料理、とり天かあ」

見た目は薄い色の唐揚げの様だ。一口大の鶏肉に天ぷらの衣を付けて揚げた、というところだろうか。いただきますと手を合わせ、さっそく一つお箸《はし》で取って、大根おろしをといた天つゆでいただく。

おお、鶏のむね肉なんだ。醤油《しょうゆ》としょうがとにんにくで下味が付けられている。カラッと揚がった薄い衣は、鶏の唐揚げよりずっと軽い歯触り。天つゆがしみ込んだ衣と、ジューシーでいて淡白な鶏の脂が絡み合う。

「これは美味《おい》しいわね……天ぷらなのにあっさりしていて。沢山食べてしまいそうだわ」

もうひとつ箸で取って、まじまじととり天を観察した。

唐揚げとも竜田揚げとも違う。どこまでも軽やかで淡白で、いっそ爽《さわ》やかとも言える。

「お塩でいただいても美味しいですよ」

ここ天満食堂には、天ぷらをいただくための塩が四種くらい揃えられていた。

わさび塩に、ゆかり塩、レモン塩に、普通のお塩。

ちょっとずつ試してみるのも面白い。お皿に沢山盛られたとり天も、お塩の味を変えるだけで沢山食べられる。わくわくして、味を変えながら食べた。

「夕がおの食事処にも、食火鶏のメニューを作るといいかもしれないな。この鶏を、わざわざ食べにやってくる観光客は多い」

大旦那様は食べる私を愉快そうに見つめながら、このような提案をした。

「そうですね。やはり、地元の食材を扱う料理は魅力的に思えますから。とり天は勿論《もちろん》の事、鶏肉を使った料理は多いですし」

「鶏を使ったメニューかあ。家庭料理には沢山あるし、相性はいいかもね」

さくさく。もぐもぐ。ときどきお味噌《みそ》汁《しる》や白米、お漬物を。

考える事は沢山あるけれど、それでも食べる事は止めずに、あっさりした甘みのある食火鶏を噛《か》み締める。もう無言になって、夢中になって、残りのとり天を食べてしまった。

おそるべしご当地グルメ。ごちそうさまでした。


「ああー……お腹いっぱい。幸せ」

美味しいものを沢山食べて幸せいっぱいの私は、手に持つ巾着《きんちゃく》袋を大きく揺らしながら、涼しい夜の銀天街を上機嫌な様子で歩いていた。

「でも食べ過ぎちゃったかしら」

「そういうのを気にするタイプかい？　お前は」

「いいえ、そうでもないわね」

美味しいものを前に、そんな乙女の事情は忘れよう。

でも明日《あした》はあっさりめの、お野菜が沢山取れるものを食べましょうか。

「あ、ほら、鬼門岩戸神社ですよ」

私たちは銀天街を一通り巡り、抜けた先の、境界の岩戸のある小山の前まで来ていた。

まだ子供姿でいた銀次さんが、コンと音を鳴らして銀色の子狐姿に変化し、その神社の赤鳥居の下まで駆けて行き、佇《たたず》む。

「この小山の麓《ふもと》には、神社があったんだ。……銀次さん、本当にお狐様という感じね」

大旦那様と共に赤鳥居の下まで歩み、私は子狐姿の銀次さんを抱きかかえた。もふもふの九尾が、柔らかく腕を撫《な》でる。そんな毛並みを堪能《たんのう》しながら石段を上り始めた。

長い石段を見上げた。揺れる鬼火が点々と続き、一番上の赤鳥居までの足下を照らしていて、幻想的な雰囲気に包まれている。鬼門岩戸神社として親しまれるその場所は、小山の頂上にある境界の岩戸を祀《まつ》る、神聖な神社だと言う事だ。

私は以前、その境界の岩戸から現世《うつしよ》に戻った事があるけれど、空を飛ぶ牛車《ぎっしゃ》から降り立ったものだから、麓にこんな神社があるとは知らなかった。

「しかし長い石段ね」

「疲れたかい？」

「お腹いっぱいだから、良い運動になるわ」

石段を上って境内につくと、銀天街の賑《にぎ》わいとは裏腹に、少し静かな空気が漂う。

振り返ると、赤鳥居の隙間から派手にライトアップされた天神屋と、その本館の上空にある停泊所に、無数に停まる宙船《そらふね》が見えた。奇妙な光景だ。

「やはりここから見る天神屋は絶景ですね」

銀次さんがぴょんと腕の中から飛び出して、いつもの青年の姿に戻った。

私はやっと、銀次さんが子狐になっていた理由を察し、ハッと青ざめる。

「……も、もしかして、あの長い石段を私に抱えて上らせるために……子狐に……」

「え？　あはは、まさか」

笑ってとぼける銀次さん。とても怪しい。

まあ子狐姿は可愛いし、ひさびさにもふもふを堪能できたし、良いのだけれど。神社にお狐様姿はお似合いだしね。

境内にはちらほらと、お面を着けたあやかしたちも居たが、遅い時間とあって込んではいない。それがまた、神聖でいて奇怪な空気をいっそう引き立てた。

その神社の習わしに従い手水舎《ちょうずや》で手を洗い、口を漱《すす》いで身を清める。立派な社の前に立つ。大旦那様も、銀次さんも、私の両隣に並んだ。

「葵、お前の食事処が、無事に開かれ成功するようにと、お参りをしよう。ここは縁結びのご利益があるから」

「縁結び？　恋愛成就ってこと？」

「はは。それもあるが、どちらかというと商売的な繋《つな》がりや、ご縁に恵まれるという意味での縁結びだな。商売繁盛とは、何も金が稼げれば良いと言うものでもない。大切なのは、商売をするうえでの出会いや、関係を、いかに大事と思えるかどうかと言う事だ」

出会いや……関係……

食事処を開く事で、私は今後、どんなあやかしたちと出会うだろうか。

「稼ぎは後からついてくるもの。……まずは、お前が〝夕がお〟を開く上で、良いご縁に恵まれますように」

二礼二拍一礼。大旦那様の言葉は、長く商いをしてきた者のとても重い言葉に思え、私はそれを戒めとして、お祈りをした。

天神屋と、この神社が祭る異界への岩戸。

鬼門の地の双方の象徴は、銀天街という一本の大商店街が結びつけ、彩っている。

私の開く食事処も、この土地を彩る一つの居所となれればと、心から願う。

第二話　カマイタチのお庭番

「……よし。仕込みは万全だわ」

開店前日。私は明日の為の下ごしらえを終えていた。

明日は松葉《まつば》様が大勢の天狗《てんぐ》を連れて、この店で宴会をする事になっている。メニューは松葉様に希望を聞いて決めた。

少し夜風に当たりたくて、外に出る。

ここ最近メニュー考案ですっかり引きこもっていたものだから、外の空気は新鮮で、深呼吸するだけで気分もすっきりとする。背伸びをして、そよそよと流される柳の木の枝の隙間から夜空を見上げた。

今日も沢山の宙船が浮いている。

和船の形をしているそれらは、お客を天神屋《てんじんや》へとお連れしたり、お帰りの為に送ったりする。また天神屋に必要な物資や、この土地では手に入りにくい食材を運ぶための運送用の船もある。

あ、海閣丸《かいかくまる》だ。以前妖都へ行く為に乗ったことのある和船が、夜空を横断した。

今日はどんなお客様を乗せているのかな。

沢山の鬼火を引き連れ、闇夜を切って進む船は、最初こそ奇妙で仕方が無かったけれど、今となっては思わず目で追ってしまう、面白い隠世《かくりよ》名物だ。

「ん?」

夜空から視線を下ろした時、本館と離れを繋ぐ屋根付きの離れの先で、こそこそとこちらを見ている者たちに気がついた。丸い坊主頭が三つ。

「またあいつらだわ……」

私はそいつらが何者なのか、すぐに分かった。天神屋の厨房《ちゅうぼう》の見習いダルマたちだ。

見習いダルマたちは私が食事処を開くと言う事が、とにかく気に入らないみたいで、いつも離れの周囲でこそこそと、嫌がらせを繰り返すのだった。

前も、せっかく綺麗《きれい》にした壁に泥を塗り付けられたっけ。やる事がとにかく子供のいたずらレベルだが、流石《さすが》の私も彼らの嫌がらせには腹が立っていた。

よし、ちょっと驚かせてやろう。そう思って、私は一度室内に戻り、こっそり裏口から出て、彼らのいる渡り廊下の裏側に忍び寄った。

見習いダルマたちは渡り廊下にしゃがみ込んで何やらやっていたようだ。

げ、バナナの皮を並べている……

「あんたたち、そんなしょうもない事をやる暇があるの? まだ厨房の仕事、終わってないのでしょう」

「うわあっ」

ダルマたちは私の接近に気がついていなかったみたいで、激しく驚いた。

「ば、馬鹿野郎。お前いつからそこにっ」

「さっきからよ」

ダルマたちは少し怯《ひる》んだが、すぐに「はっ」と威勢の良い声を上げる。

「人間の娘め。生意気にもこの天神屋で食事処を開こうとするとはな！」

「オイラたちは偵察という大きな仕事があるのだ」

「万が一にも、お前みたいな人間の娘の作った料理が、板前長の料理より美味《うま》い事は無いだろうが、何と言っても目障りだぜ」

三人のダルマはどうどうと仁王立ちして、私を囲み、見下ろし、嫌みを言っていた。

「偵察？　私にはバナナの皮を並べていただけのように見えるけれど。滑って転んで、怪我でもしたらどうしてくれるのよ」

「はん。そんなひ弱な奴は料理を作る資格など無い。ダルマはそんなことで怪我なんてしない」

「はあ？」

「つーかお前、明日は天狗の予約客がいるんだってなー」

「天狗ってのは偉そうで厄介な客だからなー。人間の不味《まず》い料理を出してみろ。きっとキレてあの離れがぺしゃんこになるまで暴れるだろうぜ」

「それはそれで気味がいいや」

好き勝手言う見習いダルマたち。

「あんたたちね……」

ふつふつと怒りが込み上げてくる。いじめっ子かお前たちは。

ダルマたちはケラケラ笑いながら、バナナの皮をそのまま置いて本館へと戻ろうとした。

追いかけたかったが、バナナの皮が行く手を阻む。

「ちょっと、このバナナの皮を持って帰りなさいよ！」

「嫌なこったー」

ダルマたちは本館の引き戸の隙間からこちらを見て、あかんべーをした。

本館への裏口の引き戸が勢い良く閉められた事で、さっきまでの騒がしさが、一気に引っ込んだ気がした。

いつも通りの夜の静寂の中、私は目前のバナナの皮を見据える。

「全く。今度会ったらタダじゃおかないわよ」

何かやり返してやりたかったけれど、今の私は少し疲れていた。

明日の事もあるし、変な騒動を起こしたくも無い。ここは黙って、バナナの皮を拾おう。

馬鹿みたいに並べられたバナナの皮を一つ一つ拾う。結局二十枚くらいあった。この為に一生懸命バナナを食べたのか、厨房の生ゴミだったのか……

「さて、戻るか」

残りの仕事を終わらせて、嫌な事は忘れてさっさと寝てしまおう。うん、それが良い。

私はバナナの皮を抱えながら、渡り廊下から離れへと戻ろうと、中庭を横切る。

あ、落とした。そう思って、振り返ってしゃがみ、バナナの皮を拾う。

しかし立ち上がり、顔を上げた直後、体を覆うような大きな影がすぐそこにあった事に、私はやっと気がついたのだった。

「お命いただく」

大きな影の正体は黒ずくめの大男で、そいつは低い声で言葉を発した。

何が起こったのか、すぐに理解は出来なかった。悲鳴を上げる暇もなかった。だってあまりに不意な事だったからだ。

男はすでに振り上げていた刀を、一直線に振り下ろす。

「……っ」

斬られる、そう思って目を閉じた。しかしドンと体を押す衝撃と、刃《やいば》が強く交わされた様な高い金属音が響いて、私は地面に倒れたのだった。

すぐに目を開くと、まず見えたのは飛び散るバナナの皮。

そして、私を守るように大男の刀を受け止めたのは、二本の短刀だった。夜風になびくのは薄緑色の髪と、長くはためく額当ての帯。

「サスケ……君?」

それは天神屋のお庭番のエースと言われている、カマイタチのサスケ君だった。

バナナの皮を肩に一枚のっけているが、刃を交える表情は淡々としていて、華奢《きゃしゃ》な体形からは想像もできないほど、簡単に相手の刃をのした。

弾《はじ》かれふらつき、侵入者は後退する。

「参る」

サスケ君は短刀を持ち直し、男の懐に一瞬で入り込み、何度か鋭く刀を打ち交わす。相手も相当な手だれのように見えるが、圧倒的にサスケ君が上手の様だ。

いつも庭を掃除している、穏やかなカマイタチの様子とは全く違う。

その視線は容赦のない冷徹な氷。まるで、獲物を狙うハンターの様だった。

「ぐはっ」

鈍い悲鳴は侵入者の男から発せられた。サスケ君は背後に回り込み、男の腕を取って動きを封じ、のど元に短刀を突きつけたのだった。

「不届き者。いったい何者でござるか。どこから天神屋に……」

サスケ君が淡々と問いかけをしている中、背を斬られた男がニヤリと笑みを作り、小さな妖火を口から吐き出すのを見る。

「サスケ君、危ない！」

あれがサスケ君を襲ったり、地面に落ち燃え広がったら危ないと、私はとっさに判断した。背中にさしていた八つ手の団扇《うちわ》を手に持ち、立ち上がる。

しかし立ち上がって一歩飛び出した途端、バナナの皮を踏んづけて思い切り滑る。

その拍子に、団扇は下から上へと、強く仰がれた。

この団扇は天狗の翁《おきな》である松葉様に貰《もら》ったもので、風を生み出す力がある。

上へと巻き上げるような豪風が侵入者とサスケ君を襲い、空へと吹き飛ばしてしまった。

「ああっ、サスケ君まで！　ごめん‼」

手加減できなかったせいか、かつて無い程の風を生み出してしまった。青ざめ頭を抱える。

しかしカマイタチであるサスケ君は、私の生み出した上昇風に上手《うま》く乗り、空を舞いながら地上へと降りた。

侵入者の男は強く地面に叩《たた》き付けられ、完全にのびている。

サスケ君は男のマスクを剝《は》ぐ。そいつはトカゲの様な顔をしていた。私はそろっと立ち上がり、怒濤《どとう》の状況を飲み込もうとする。

「サスケ君、大丈夫？」

「ええ。こいつは完全に気を失っている様で……しかし、いったいなぜ……」

サスケ君は言葉の途中でハッと顔を上げ、緊張感を失う事無く周囲を警戒する。彼はすぐに私の元まで戻り、私を突き飛ばして短刀を構える。

「ぎゃ」

私がまた地面に尻餅《しりもち》をついて、鈍い悲鳴を上げたと同時。カンカンカンと勢いのある音が目の前で弾けた。鋭く一直線に私めがけて飛んできたクナイを、サスケ君が短刀で弾き飛ばしたのだった。

一本は弾く事が出来ず、サスケ君のすぐ傍を通って、背後の夕がおの壁に突き刺さった。

「………逃がしたか」

先ほど私たちを襲ったトカゲ男の姿は既に無い。今の隙に逃げたのだ。

サスケ君はしばらく難しい顔をしていたが、ふっと纏《まと》う空気がいつものものに戻り、構えていた短刀二本を、背部の腰辺りに連ねた鞘《さや》に収める。

「あたた……いったい何なの……」

私は地面に打ち付けた場所をさすりながら、立ち上がった。

「怪我はござらんか、葵殿」

「まあ、何度も尻餅をついたけれど……って、サスケ君の方が怪我をしているじゃない！ほっぺた！」

「え？　ああ、この程度、いつもの事でござる。クナイが一本掠《かす》ったのでござろう」

サスケ君は、本当に大した事無いという様子で、頬の傷口をごしごし拳《こぶし》で拭《ぬぐ》った。

「だ、だめよ傷口こすっちゃ。ほら、中に入って。私いっぱい絆創膏《ばんそうこう》持ってるから」

逆に慌てたのは私の方だ。

「拙者の事など……葵殿は、ご自身がお命を狙われたばかりだと言うのに」

サスケ君はそんな私に困り果てた顔を向けた。サスケ君の色味の無い視線はどこか冷や汗もの。見た目は中学男子くらいで、昼間はどこかぽやっとした庭師さんなのにな。

闇夜に立つ凛《りん》としたその姿は、まさに忍者という風貌《ふうぼう》で、表情も隙が無い。

「とにかくサスケ君。手当しなくちゃ！」

「いえ、拙者は大旦那《おおだんな》様の元に……」

「絆創膏絆創膏」

私があまりにサスケ君の傷を気にしていたせいか、サスケ君はため息をついて、自らの髪の毛を一本抜いた。それにふうと息を吹きかけると、髪の毛は蝶々《ちょうちょう》結びとなってぱたぱた羽ばたいて飛んでいった。

「それ、何？」

「式でござる。この件を他のお庭番に伝え、天神屋の警護を強化しなければ。どうにも葵殿は、拙者を帰してはくれないようなので」

「あはは……ごめんなさい」

もしかして自分がサスケ君の手当をしたがるのは、迷惑行為なのかもしれない……

しかしサスケ君は、「どうせ今夜は葵殿を警護しなければ」と言って、スタスタと夕がおの店内へと入ったのだった。

隠世《かくりよ》に意図せず持ち込んだ大学鞄《かばん》には、絆創膏が入っている。その一番大きなやつを、カウンターの高い椅子に座っているサスケ君の頬にぺたりと貼った。

「……かたじけない、葵殿」

サスケ君はぺこりと頭を下げた。

うーん。高い椅子のせいだけど、地面に足がついていないところとか、ぴっと腕を伸ばして膝《ひざ》の上に拳を置いているところとか、やっぱり可愛い……こんな子がさっきまで大男と刀を交わしていただなんて。前に、のっぺらぼうの三姉妹が、お庭番には戦闘力が必要と言っていたけれど、こういう事だったのね。

「お礼を言うのはこっちの方だわ。サスケ君がいなかったら、私今ごろクナイで串刺《くしざ》しにされていたかも。本当にありがとう」

「いえ……こちらが不届きものの侵入を許した事が、そもそもの原因でござる」

「でも、サスケ君たちの目を出し抜いて侵入してきたってことは、相当厄介な奴らって事よね。いったい、何者だったのかしら」

「…………」

サスケ君は眉《まゆ》を寄せ、真面目な顔をして少し俯《うつむ》く。何を考えているのやら。

「ねえ、サスケ君。お腹すいてない？」

「え？」

「ちょうど明日の仕込みをしていたところなのだけど、もし良かったら味見をしていかない？　簡単などんぶりならすぐに作れそうよ。あ、でもお庭番のお仕事が忙し……」

「食べる」

サスケ君はバッと顔を上げて、私が言葉を言い終わる前に真顔で断言した。

「食べる、でござる」

大切な事だったのか、もう一度語尾のござるを忘れずに言った。

瞳《ひとみ》はキラキラしていて、すっかり楽しみな様子で私を見上げている。

そうだった。カマイタチは食べる事が大好きで、何よりとても大食いだった。

彼らの仕事は、夜の番と朝の番に分かれていて、朝の番の時は、あやかしたちが苦手な早朝から起き出して庭掃除をしている。私が朝ご飯を作っていたりすると、こそこそやってきてじっとこの離れを覗《のぞ》いていたりするのよね。

その度に何かとごはんを振る舞っていた気がする。特にサスケ君は律儀だから、いつもお礼に、裏山で採れた山菜やらたけのこやらきのこやらを持ってきてくれたっけ。

「ふふ。じゃあ、そこで待っていて。すぐに出来るから」

何だか嬉《うれ》しくなって、私はいそいそと厨房《ちゅうぼう》へと戻った。

「メインのお料理が出来るまで、ポテトサラダでもつまんでいて」

「……ぽてとさらだ？」

先付けとして、小さな器にさっきつくったばかりのポテトサラダを盛って、カウンター越しにサスケ君に出した。

サスケ君はポテトサラダを知らない様で、じっと目の前のそれを見ている。

新じゃがいもと新玉ねぎの季節は、同時にポテサラの季節でもある……

茹《ゆ》でたじゃがいもを、多少形を残しつつ潰《つぶ》して、薄くスライスして塩水につけておいた玉ねぎを加え、白味噌《しろみそ》と塩こしょう、お酢とちょっとの砂糖だけで味付けした、シンプルな和風ポテトサラダだ。

個人的には、マヨネーズを使わないこのさっぱりした味付けが好みだったりする。

特に新じゃがいもと新玉ねぎは甘くて、それだけで美味《おい》しいからね。

「まあ、食べてみて」

サスケ君は一度私を見て、箸《はし》を取って一口食べた。

特に何かを言う事は無いが、一口食べて、何だかほっこりとほころんだ顔になるサスケ君。そうね、ポテトサラダはそういう食べ物だわ。

さて。私はさっそく、メインの料理にとりかかった。

先ほどまで仕込んでいたものの一つは、ハンバーグ種だった。

豚と牛の合い挽《び》き肉に、刻んで炒《いた》めた玉ねぎ、卵を加え、パン粉をつなぎにして捏《こ》ねて作るのがよくあるハンバーグのレシピ。だけど、私はいつもパン粉の代わりにお麩《ふ》を使ってハンバーグ種を作る。

これは、私の祖父、津場木史郎《つばきしろう》が好んだヘルシーな作り方だった。お麩を使うとふわっとしていてジューシーなハンバーグになる。

明日《あした》やってくる天狗《てんぐ》たちには、大根おろしと大葉を載せて、ポン酢で食べる和風ハンバーグを振る舞おうと思っていた。

「だけど、今晩は、照り焼きハンバーグ」

まるで呪文のように唱え、ニヤリと一人ほくそ笑む。

熱したフライパンに油をひいて、丸く整えたハンバーグ種を二つ並べ、焼く。両面に焼き色がつくまで。

その間に、別のフライパンを火にかけ、卵を落とした。目玉焼きを焼いているのだ。

また手際良く照り焼きのタレを作る。醤油《しょうゆ》、みりん、酒、砂糖という、あやかし好みの調味料を合わせ、少々水溶き片栗粉を混ぜ、そのタレを焼いたハンバーグに絡める。

ジュウ、とタレがフライパンに投入された音が響き、カウンター席に座っているサスケ君が反応して顔を上げた。甘い照り焼きの匂いが室内に漂い、食欲をそそる。

ハンバーグは良い照り色をして、ふっくらと焼き上がった。

ああ、夜中だと言うのに、私までお腹が空《す》いてきちゃった……

「良い匂いでござる」

ポテトサラダを完食し、待ちきれないと言う様子のサスケ君が、カウンター席でそわそわしていた。長い額当ての端を指先で弄《もてあそ》びながら。

「にゅ〜、お客さまがいるでしゅ〜」

「あら、チビ。あんた寝てたの？」

手鞠河童《てまりかっぱ》のチビが、奥の部屋からタオルハンカチを引きずり目を擦《こす》りながら出てきた。私のタオルハンカチがチビの布団になっている。

「えっほ、えっほ」

チビはサスケ君の座っている椅子をよじ上り、カウンターまで上がって、サスケ君を真正面から見上げていた。

「カマイタチしゃんでしゅ。おんなじ緑色のあやかしでしゅ。他人とは思えないでしゅ」

「………」

「緑色のあやかしに悪い奴はいないでしゅ〜。同盟を組むのでしゅ」

チビはそんな適当な御託を並べ、カウンターの上でころころ転がって、さも愛らしいポーズを取って媚《こ》びていた。

サスケ君は無言で、チビの腹のプニプニした部分を押している。

「ちょっとチビ、サスケ君はすっごく強いんだから、あんたみたいな超弱小あやかしと一緒にしないでくれる？」

「あー……？　カマイタチしゃん強いでしゅか～？」

チビは首を傾げた。どうにも、サスケ君が強いとは思えないらしい。

「嘘でしゅ。同じ虚弱な匂いがするのでしゅ。緑色のあやかしはかよわい、愛らしい、守ってもらわないとすぐ死んじゃう。そういう類《たぐ》いのものなのでしゅ」

またチビが謎の論理を展開する。サスケ君は真顔だが、私は頬をひくつかせ苦笑い。

「いったいどんな理屈よ。サスケ君、そいつもうにぎにぎしていいからね」

「……了解でござる」

サスケ君は、もうずっとチビを握りたくて仕方が無かったかのようだ。逃げようとしていたチビをとっつかまえて、手で握って揉《も》む。

チビは柔らかいゴムボールの様。にぎにぎすると、とても気持ちいいのだった。

「ああっ、にぎにぎはやめるでしゅ。これは由々しき裏切りでしゅ～」

「はて、裏切りとは。同盟を組んだ覚えはござらん」

「がーん、でしゅ」

　チビはサスケ君にしれっとお断りされてしまった。

「あ、そうこうしているうちに目玉焼きが半熟の頃合いだわ。もう少し待っていて。和風ロコモコ丼にするから」

「ろこもこ？」

　サスケ君がハッと顔を上げた。

「ふふっ。ロコモコっていうのは現世《うつしょ》の料理よ。まあ、日本の料理では無いのだけどね。ごはんに、ハンバーグと目玉焼きのっけたやつ」

「…………」

　何を想像しているのだろうか。サスケ君は宙を見つめ、また片手間にチビをにぎにぎ。

「ごめんね、ご飯は炊きたてではないのだけど」

「炊きたてではない米も好きです。できれば大盛りで」

「あはは、大盛りね。了解よ」

　冷や飯を、妖火を内蔵した円盤にのせ温め直し、たんとどんぶりに盛って、その上に二つの照り焼きハンバーグをのせる。タレもたっぷり追加し、半熟の目玉焼きを被《かぶ》せれば、立派なロコモコ丼になるというものだ。

　付け合わせに、作り置きしていた高菜の油炒《あぶらいた》め、薄切りにしたきゅうりを。

最後にパラパラと刻み海苔《のり》をかけて、和風ロコモコ丼の出来上がり。

目の前にどんと置かれた大きなロコモコ丼を、サスケ君は目も口も丸くして、じーっと見つめた。

「目玉焼きと付け合わせの野菜を崩しながら、照り焼きハンバーグやご飯と一緒に食べると美味しいわ」

「いただきますでござるっ」

いつものクールで少しぼんやりしたサスケ君にしては、かなりの早口だった。

そして猛烈に食べにかかる。それはカマイタチの特徴だ。

カマイタチが料理に手をつけたら、それが消えるのに数分とかからない。ガツガツと良い食べっぷりを披露して、サスケ君はどんぶりを一度もテーブルに置く事無く口に掻《か》き込んでいた。口をもごもごとさせて一生懸命食べるその姿が、なんだか頬袋のある小動物の様で可愛いのよね……

「はあ、いつもながら良い食べっぷり」

見ているこちらも気持ちがいい。だってこんなに一生懸命食べてくれるんですもの。

その様子を見ていた手鞠河童のチビが、何故か「はわわ」と口に手を当て慌てていた。

「葵しゃん、僕もきゅうりの切れっ端欲しいのでしゅ！」

「え？　どうしたの？」

「カマイタチしゃんだけずるいでしゅっ！」

カウンターと厨房の間の、少し高くなっている台の上に上がって自己アピールするチビ。

仕方が無いので分厚くスライスしたきゅうりをくれてやる。

チビはじたばたはしゃいできゅうりを手にし、もう夢中になってしゃくしゃく食べた。

「ごちそうさまでござる！」

チビの事なんて気にする事も無く、カン、とどんぶりが置かれる音は、サスケ君が食べ終わった合図だ。彼はぺろっと唇を舐《な》め、満足そうにしている。どんぶりには一粒の米も残っておらず、綺麗《きれい》に食べ尽くされていた。

「お腹いっぱいになった？」

「はい。葵殿のごはんはいつも美味しくて……」

お箸も置いてしまって、サスケ君は長く息を吐いて、少し頬を染めた。

「甘くて優しい味で。満たされるのでござる」

照り焼きのように照れてしまっていたのか、彼は湯のみのお茶を飲んで照れを誤魔化していた。

チビとは正反対。あざとさや黒さを感じない無意識の可愛さ……

これはもう、好きな食べ物をたらふく与えたくなる。

「ああ、サスケ君が弟だったらな」

つい願望が口から零《こぼ》れた。

「……言っとくでござるが、拙者、葵殿より随分と年上で、どちらかというと史郎殿とはとんど同じ世代でござるよ」

「えっ、おじいちゃんと？」

サスケ君に私のぼやきを聞かれていたのはまあ置いておいて、なんとサスケ君は祖父と同じ世代らしい。番頭の暁《あかつき》よりずっと年上って事でもあるのよね。これはびっくり。

手を前掛けで拭《ふ》きながら厨房《ちゅうぼう》を出る。サスケ君の空の湯のみにお茶を注ぐと、サスケ君はそのお茶を見つめ、また啜《すす》って一息ついた。

「拙者、天神屋には生まれた時から奉公しているのでござる。もう、かれこれ80年程前から」

「生まれた時からって、凄《すご》いわね」

「ええ。お庭番は我が一族の家業でして。拙者はまだ若い頃、それが嫌で嫌で仕方が無い時があったのでござる……。そんな時、天神屋に出入りしていた史郎殿と出会い、一緒に悪ふざけに興じた事があるのでござる」

悪ふざけ？　この真面目で純朴そうなサスケ君が？

祖父の名が出てきたことで話の雲行きが怪しくなってきた……

「例えば、天神屋のお客を脅かしたり、厨房の料理をつまみ食いしたり、女湯を覗《のぞ》いたり

「……まあ、最後のは基本的に史郎殿による犯行でござるが」

「でしょうね」

呆《あき》れと諦《あきら》めと納得。でも、祖父と共にサスケ君もやんちゃをする時期があったのね。

しかしそれは、サスケ君にとっては大事な思い出であるのか、彼は懐かしい事を思い出すように、穏やかに語った。

「拙者は何度となく史郎殿と並んで怒られたものでござるよ。父にも、大旦那《おおだんな》様にも……」

「サスケ君が？　何だか全然想像できないわ。おじいちゃんが怒られるのは納得だけど」

「ふふっ、そう言う時代もあったということでござる。史郎殿は拙者の憧《あこが》れでござった」

あ、サスケ君が笑った。サスケ君が笑うのも、こんなに話してくれるのも、とにかく珍しい。私は彼の話を黙って聞いた。

「人間の身でありながら、あやかしを恐れぬ度胸があり、ねじ伏せるほどの力があり、周囲を黙らせるほど口達者で、横暴で……そう。まさに漢《おとこ》の中の漢。強い者に喧嘩《けんか》を売りながらも、常に判断力は冴《さ》え渡っており、いつもカマイタチ顔負けの、流水のごとき逃げ足の速さを見せつけてくれたものでござる」

「……それってただの卑怯《ひきょう》者なんじゃ」

いや、きっと純朴で真面目なサスケ君には、祖父の自由すぎる言動は、魅力的に見えた部分もあったのかも……しれない。

「葵殿を見た時、ああ、史郎殿のお孫様だと、すぐに分かったのでござる。あなたはとても似ていた。史郎殿に」

「え……」

私があからさまに嫌そうな顔をしたので、サスケ君はまたくすりと笑った。

「それ、よく言われちゃうのよね。全然褒め言葉じゃないからね」

「拙者からしたら、これは褒め言葉でござるよ」

詳しく説明する事も無く、サスケ君はぴょんと椅子から降りた。

「美味《うま》い飯をご馳走《ちそう》になったでござる。次からは、お客として夕がおを利用させていただくでござる」

「別に、今までみたいに気軽に食べにきて良いのよ？　御馳走《ごちそう》するのに」

「いいえ。明日《あした》からここは店……見張りの合間に、お金を持って食いに来るでござるよ」

サスケ君は相変わらず真面目だった。

「ふふ、そう。じゃあサスケ君には特別に大盛りのサービスをするわ」

「それはありがたい！　あ……えっと、ごほん」

しかし大盛りに反応して一瞬嬉《うれ》しそうに顔を輝かせる。すぐに我に返り、咳払《せきばら》い。

そう言うところが何とも言えない。ほっこり。

「夕がおの周囲は護衛を固めるので、安心してお休みくださいでござる。では」

サスケ君はクールな調子に戻り、スタスタと屋内から出て、夜風に乗って軽やかに飛んでいった。私も外に出てサスケ君を見送ろうと思ったけれど、外に出た時には、すでにどこにも見当たらない。もう、闇に紛れてしまったのかな。

「それにしても、あのサスケ君とおじいちゃんがほとんど同じ歳だったなんて……あやかしが、人間の寿命を短すぎるって言うはずよね」

寿命も、歳を取るスピードも違う。

老いるのはあっという間で、人間はすぐに死んでしまう。

あの、隠世《かくりよ》のあやかしたちを騒がせたおじいちゃんだって、あやかしたちからしたら、想像以上にあっけなく死んでしまったと言う感じなのでしょうね。

「……あら？　壁にこんなお札が貼られていたかしら」

ふと、夕がおの壁に目をやる。壁に刺さっていたはずの一本のクナイは無くなっていて、代わりにお札みたいなのが列を成し、いっぱい貼られている。

何の事やら、お札には『護衛式』とだけ書かれていた。まあ訳が分からなくとも、安心感はある。きっとこれは、この場所と私を守ってくれるものだ。

いきなり襲いかかってきたあの黒ずくめの男たちは、結局何者だったのだろう。

「見習いダルマたち……？　いやいや、まさかね。嫌がらせのレベルが全然違うもの」

先ほどの刺客たちが、なんの目的でここへやってきたのかは分からない。だけど、せっかく明日から食事処を開けるというのに、怪我でもしたら元も子もないわよね。

「そう言えばここは鬼門中の鬼門だったわね。前の料理人も、すぐに怪我をしてしまったと言うし。私も、気をつけなくちゃ。いつでも不届き者を吹っ飛ばせるように、団扇《うちわ》を仰ぐ素振りでもしとこうかしら」

この場所では、いつも何かしらの事件や怪我が続いて、店が上手《うま》くいかないと銀次《ぎんじ》さんも言っていた。こんな事があった訳だし、確かに、曰《いわ》く付きの場所かもしれない。

でも、お店を開く事をやめたいとは思わない。

あやかしたちに命を狙われた事は、現世でも星の数ほどあったのだから、気だけは引き締めておかなければ。

賑《にぎ》やかな祭り囃子《ばやし》とは裏腹に、冷たい風を正面から受け止める。

睨《にら》むように月を見上げた。私はまだ、この場所が鬼門中の鬼門と呼ばれる所以《ゆえん》を、本当の意味で理解してはいないのだろう。

幕間【一】

「……なるほど。葵《あおい》を狙った刺客、か。サスケ、それは確かかい？」

「ええ。クナイには文が巻かれていたでござる。葵殿を狙っていたのは、刺客との応戦の際の手応《てごた》えからも確かかと」

煙管《キセル》を吹かす大旦那様の背後で、拙者、お庭番の〝サスケ〟はあの離れでの出来事を詳しく伝えた。

刺客はもう一人居た。葵殿を襲い拙者とやり合った者以外に、クナイを投げた者。むしろあのトカゲ男はおとりだった可能性が高い。

また拙者の頰をかすめ夕がおの壁に刺さったクナイには、文が巻かれていた。

大旦那様はその文を開いて、低い声で「うーむ」と唸《うな》る。細められた目は怪しく閃《ひらめ》いた。

文には『食事処を開くべからず』と書かれていたからだ。

「サスケ、敵は見えているかい？」

「……いいえ。刺客の後を他のお庭番が追っておりましたが、見失ったとの事でござる」

「そうか。相当の手だれだな……。葵の様子はどうかな？」

「葵殿は、随分と平気そうでござった。勿論《もちろん》襲われた時は驚いていたでござるが、むしろ拙者が助けられた程で。やはり史郎《しろう》殿の孫娘様。度胸が据わっておいでで」

「あははは」

大旦那様は気味良く笑った。許嫁《いいなずけ》が命を狙われていると言うのに、余裕なお方だ。

「葵にはこの事は伝えたかい？」

「いえ。せっかく明日から食事処を開く事になっていると言うのに、お気を煩わせる事になると思うと忍びなく……大旦那様の判断にお任せするべきかと」

「そうかい。ならば言わなくて良い」

大旦那様は文を丸めて、指先に点《とも》した鬼火で燃やし、塵《ちり》も残さなかった。

「〝夕がお〟は開く。あの場所が、どんなに鬼門であろうとも」

ニヤリと不敵に微笑む大旦那様は、何を見据えておいでなのだろう。

「その代わり、この件の追及はお前に任せる、サスケ。他のカマイタチには、葵と夕がおの周辺を警護するよう伝えてくれ」

「は」大旦那様に命を頂き、拙者はこの場を下がった。

濡《ぬ》れ縁《えん》より音も無く飛び降り、風に身を預け、隠世の月夜を斬り、忍び命を全うする。

それが天神屋《てんじんや》のお庭番、カマイタチである。

第三話　夕がおの行方

「では、葵《あおい》の食事処〝夕がお〟が無事に開店の日を迎えたことを祝し、わし、天狗《てんぐ》の松葉《まつば》が乾杯の音頭を取らせていただく。天神屋《てんじんや》はどうでも良いが、可愛い葵と夕がおの末永い繁栄を祝い……乾杯！」

五月の下旬。天神屋の食事処〝夕がお〟が、無事に開店した。

初日は朱門《しゅもん》山の天狗たちが訪れ、宴会は大いに賑わった。

夕がおのお品書きは主にお膳《ぜん》の様式で、メインのお料理や付け合わせ、ごはんや汁物などがセットになっている。しかし今回は銀次《ぎんじ》さんと話し合い、この日に限っては、先付けやお吸い物以外は、ビュッフェ風のスタイルで行う事にした。店内の中心に大皿に料理を沢山盛ったものを並べ、好きなものを取って食べる事ができるのだ。

妖火を閉じ込めた、保温を命じる事の出来る鉄の敷板を皿の下に敷いておくと、いつまでも出来立てのように温かく食べる事ができる。むしろ現世《うつしょ》よりずっとこのスタイルが向いている道具が揃っているのが不思議だ。

天狗の若い衆には、このビュッフェスタイルが珍しいようだった。飽きやすく、新しいものに目がない天狗にとって、好きなものを好きなだけ食べられるというのがとても嬉しいのだと聞いた。

メニューは和食がメインの、素朴な家庭料理ばかりだ。

里芋と食火鶏《ひくいどり》の含め煮。手羽先の甘辛揚げ。おろしポン酢の和風ハンバーグ。アジの南蛮漬け。たけのこのちらし寿司。

インゲン豆の胡麻和《ごまあ》え。新じゃがいもと新玉ねぎのポテトサラダ。

ごぼうときゅうりのかつお風味のお漬物。シジミのお吸い物。

デザートには白玉小豆の豆腐アイス寄せ、などなど。

「松葉様、含め煮はいかが？　食火鶏を使っているのよ。あ、ポテトサラダもおすすめよ」

私はお皿にあれこれ取って、松葉様の陣取るカウンターへと持って行った。

「うむ。葵の料理は全部いただこう」

「あはは。ここにあるのは全部私の料理よ」

松葉様は、今日こそはここでお酒を飲みながら、機嫌良くご飯を食べてくれた。

特に気に入ってくれたのはアジの南蛮漬け。酢、砂糖、醤油《しょうゆ》などで作ったタレで、揚げたアジと野菜を漬けて作る甘酸っぱい魚料理。良いお酒のつまみになるのと、松葉様がアジが好きらしいという事で、リクエストには無かったけれどメニューに加えたものだった。

気に入ってもらえたのなら嬉しい。

宴会は翌日の朝方まで続いた。酔いつぶれた松葉様がなかなか帰ろうとしないところを、天狗の若い衆が一生懸命引きずって宙船《そらふね》に乗せたのだった。

「いやじゃあ〜、わしゃあ、葵と一緒に夕がおに住むんじゃ〜」

「ご隠居様、それは嫌がらせと言うものです」

「なにおう、貴様、このっ、なら葵をつれて帰るんじゃ〜」

「ご隠居様、それは拉致《らち》です」

「というか食事処の開店を祝いに来た事をお忘れですか。葵殿を連れて帰ってはお店がまわらないじゃないですかー」

天狗の若い衆はほとほと困り果てていた。なるほど、松葉様の様子を見ていたら、前回の騒動もある程度想像がつくというものだ。

また来てちょうだいね、と、天狗たちの乗る宙船に向かって、私は大きく手を振ったのだった。

宴会が終わって、後片付けを終えた後、どっと疲れが出たものだ。

座敷席の段差に腰掛け、「はあああ〜」と長く息を吐く。

銀次さんがお茶を淹《い》れて持って来てくれた。

「お疲れさまです、葵さん。宴会は大成功でしたね」

「ありがとう……松葉様に喜んでもらえて良かったわ」

ビュッフェ仕様と言うのが、なんとか宴会がまわった要因だった。私と銀次さんだけではスタッフが足りず、あれが精一杯だっただろうから。

「本当は、作りたてのお料理を、常に出せた方が良かったんでしょうけれど」

「……宴会となると、やはり人手が必要になりますね。そのうち、夕がお専任の新しい従業員を募集する事になるかもしれません」

「普段もあのくらいお客が来れば、の話ね」

私は首を回しながら、大きなあくびをした。

「葵さんはもうお休みください。閉店の時間を大幅に過ぎてしまいました。明日の事もありますし、後は私に任せてください」

「ありがとう銀次さん。でも銀次さんも、しっかり休んでね。なんだかんだと言って、今日も色々と任せてしまったのだし」

「いいえ。夕がおは私の管轄でもありますし、この場所の成功は私の夢でもあります！何だってしますよ」

ニコリと笑って、私を労《いたわ》る様子で「さあさあお休みください」と促す銀次さん。

どこまでも優しく、頼りがいがある。

「じゃあ、ちょっと休むわ。お昼には起きるつもりだから、いつまでも起きてこなかったら叩《たた》き起こしてちょうだい」

もう一度あくび。おやすみなさいと言って、奥の部屋へと向かったのだった。

今日は松葉様たちのおかげで、お店でお料理を提供すると言う事がどんな事か分かった。

しかし明日《あした》からが本当の開店。

上手《うま》くやっていかなければならない。銀次さんの期待に応《こた》える為にも。

どのようなお客様に、どのようなお料理を出し、どのような反応を貰《もら》えるのか、わくわくする気持ちもあるし、ちょっとだけ怖い部分もある。

何もかも上手く行く事は無いだろうけれど、諦《あきら》めずに頑張りたいものだ。

しかし現実とは酷なものだ。

私の覚悟も虚《むな》しく、翌日からのお客はほとんど居なかった。

あまりに辺鄙《へんぴ》な場所にあるのと、翌日から雷雨が続いたのもあって、一度外に出る離れにお客が近寄らなかったのだった。

「はあ……今日も大量の廃棄物を出すのかと思うと情けないわ。梅雨時期ってのがまた憂《ゆう》鬱《うつ》を誘うわね」

開店して一週間。まだ開店時間前だと言うのに、私の心はどんよりと沈んでいた。

お料理の下ごしらえをしていても虚しさは湧いてくる。

しとしとと降る雨音を聞きながら、私は、このままお客が全然入らなかったら、ここはどうなるのだろうか、私はどうなるのだろうかという、良からぬ妄想を繰り返していた。

銀次さんは、別のお仕事で今ここにはいない。当然銀次さんは若旦那《わかだんな》様だから、他にも沢山の仕事を抱えているのだ。

「このままでは銀次さんにも悪いわ。自分で出来る事を考えなくちゃ」

作業をキリの良い所で終え、一度外に出た。

渡り廊下の屋根の下まで駆け足で行き、中庭を見渡す。池の水を打つ雨と、庭に咲いたあじさいの花が風流だ。特にあじさいは、水色、紫色、白色と爽《さわ》やかに咲き誇っている。

梅雨時だな。とは言え昼間から曇った空の色は、私にとっては不安ばかりを生んでしまう。

「一度フロントまで行ってみましょう」

この場所が、どれほどお客様から遠いのか確認しようと思った。

本館へと続く渡り廊下を進み、本館の裏口から中へと入る。薄暗くじめっとした細長い廊下は人けが無く、しとしと雨と涼しげな空気が相まって、いつも通る私でも少しだけ怖いと思ってしまったものだ。

そんな廊下をずっと歩いて、フロントを目指して歩くうちに、私は一つ気がついた。

分かれ道、曲がり角のある場所では、食事処夕がおまでの行き方、と書かれたチラシと「こちらへ」という矢印の貼り紙があったはずなのだけれど、どうにもそれが、めちゃくちゃな方角を指しているのだった。

「え……どういうこと？」

左へ行くはずが右を向いていたり、右へ行くはずが上を向いていたりと、矢印は自分勝手な方向を向いている。時にはぐちゃぐちゃにされていて、どこを指しているのか分からないものもあった。

「ん？」

ふと、廊下の向こう側で、複数人の影を見た。私が普段使わない、夕がおとは逆方向の廊下だ。私がここにいるのを知って、慌てて逃げたようにも見えた。

見覚えのある丸坊主が三つ。

「……全く。厨房《ちゅうぼう》の、ダルマ見習いたちの嫌がらせに違いないわね。陰険なんだから」

この嫌がらせはなかなか効果的で、自分でもこの通路で迷子になりそう。一つ一つ正しい方向に直しながら、もやもや気分でフロントに辿《たど》り着く。

まだ営業前と言う事もあり、フロントには番頭の暁《あかつき》しかいない。

暁は予約客の名簿を確認していた。いつもはやかましい暁が、一人真面目に名簿を見ている様子は、何だか不思議だ。

「ねえ暁」

声をかけると、暁は顔を上げて、私がフロント台の前に居るのを見ると顔をしかめた。

「何だ、お前か。何をしている」

「ねえ、銀次さん知らない？」

「若旦那様？　さあ、あの方はお忙しいから、捜している時はいつもつかまらない。この宿内を移動しっぱなしだからな」

「やっぱりそうなんだ……」

銀次さんは、夕がおにもいつもいると言う訳ではないけれど、それでもあの場所にかなりの時間を費やしてくれていたんだろうな。他にも仕事があるだろうに……

「どうかしたのか？」

「それが……ここから夕がおまでの方向を示す矢印を貼っていたでしょう？　あれがめちゃくちゃにされてたの。変な方向を向いていたり、ぐちゃぐちゃにされていたり」

暁は「なに？」と、眉間《みけん》のしわを更に深くした。

「それは妙だな。誰かが意図的にそうしたと言う事だろう。うちの従業員の可能性が高いが……いや、どうかな」

視線を横に流して、暁は何やら考え込んでいた。

彼なりに思い当たる者でもいるのだろうか。私はただため息をつく。

犯人は分かっているが、ここで告げ口するのも、何だかなと思ったのだった。

「私、やっぱりまだ、このお宿の人たちに認められていないのね」

「それはそうだろうな。大旦那様の目が光っているうちは、堂々とお前に手を出す者はいないだろうが、裏からじわじわ、と言う事はありうる。この宿の従業員だって、様々な立場があるからな」

「……そうよねえ」

いくら私が拒否していると言っても、大旦那様との婚約はまだ継続中であり、それを面白く無いと思っている連中は沢山いるのだろう。

「結果だ。結果を出す事だけが、この宿の者たちを納得させる唯一の方法だ……」

そこまで言って、暁は気まずい表情をした。おそらく、夕がおにお客が来ていない事を知っているのだろう。

「いいわ、言わないで。言いたい事は分かっているから。そうよね。それは当たり前の事だもの。働いて稼ぐどころか、宿のお金を使って赤字まみれじゃあ、あやかしたちが私を邪魔に思うのは無理も無いわ」

「まあ、あそこは場所が悪い。今までも散々上手くいかなかった。お前のせいだけとは言いがたいだろうよ。フロントでもチラシを配ってはいるが、やはりうちの部屋出しの食事の方が有名だし、夕食付きのプランを利用していない客は銀天街《ぎんてんがい》へ行きがちだ。なにかこう、特別なきっかけがあれば良いんだがな」

「銀次さん、宣伝費がほとんど無いって言ってたしなあ」

「うちのお帳場は、予算をつける事に関しては相当厳しいからな。あの離れを壊すと一度決定したのもお帳場だったし……それを覆し、お前の食事処を作る事にしたのにも、良い顔はしなかったと言う」

「……お帳場、かあ」

お帳場。それは天神屋のお金の一切合切を取り扱う、感情を排した数字が全ての無慈悲な部署である……そう、銀次さんに聞いた事がある。

そりゃあ、上手く行きそうに無い場所に、無駄な予算はつけられないでしょうよ。

「でも、このまま利益を出せなかったら、あの場所は本当に壊されちゃうってことじゃ」

そこまで考えて震えた。暁も否定できないようで「あー」とどこでもない場所を見ている。そこは嘘でも否定して欲しかった！

「あ、葵さん！　いたいた」

そんな時、フロントに駆け足で銀次さんがやってきた。

何だか慌て気味だ。というか顔色が悪い。

「葵さん大変です」

「……どうしたの、銀次さん」

「お呼び出しをくらってしまいました、お帳場に」

銀次さんは元々の白い肌を、もっと白くして、冷や汗を垂らしていた。

何の事だか分からなかったけれど、フロント台の内側にいる暁すらも、サーッと青ざめる。

「とと、とにかく一緒に来てください。大丈夫、私が一緒ですから」

銀次さんに腕を引っ張られながら、私は天神屋の中核とも呼ばれる〝お帳場〟へと連れて行かれた。その間に出会った天神屋のあやかしたちは、こちらを見てプークスクスと笑っていたっけ。意地悪な奴らめ。

特に、厨房の見習いダルマが三人、いい気味だと言わんばかりに、ニヤニヤとしてこちらを見ている。ギッと睨《にら》んだが、これまたぶぶっと笑われる始末だ。

それだけで、素敵なお呼び出しではないと分かってしまったわね。


お帳場の扉はとても分厚く、何とも言えない緊張感と重厚感が溢《あふ》れ出している。

扉の向こう側に閻魔《えんま》大王でもいるかのごとき圧力だ。

「お帳場長は白沢《はくたく》というあやかしで、名を白夜《びゃくや》殿と言います。数多くの物事に精通しており、非常に博識なお方です」

銀次さんは、でかでかとお帳場と書かれた扉の前に立ち、何だか悟った口調で、私に語って聞かせた。

「白夜殿は元々妖都の宮中に仕えていたお役人で、天神屋でも重鎮と呼ばれております。九つの心眼《しんがん》を持つあやかしで、全てをお見通しというか……その、ちょっと……いや、かなり厳しい方で、実のところ私もあまり得意ではありません。おそらくこのお呼び出しは、今週の夕がおの売り上げに関して、物申したいと言う事でしょうけれど……」

「あ、あ、あ」

妙な声が出た。相手が厳しい人ならなおさらだ。

「大丈夫です！　怒られたら怒られたで、すかっと忘れて、また挑めば良いのです。まだまだこれからですよ！　では、いざ！」

銀次さんは私の背をポンと叩き、前向きな言葉を精一杯吐き出していた。

私たちは、その色々な意味で重すぎる扉を開けて、中へと入る。

「失礼します」

部屋の中は、私が思っていた以上に飾りっけが無く、真っ白だった。

それがまた、何だかとても恐ろしい。

真っ白な部屋の中に、高床になって畳が敷かれた間があり、木造りの大きな長机がいくつか並んでいる。柱で囲まれた間だが、襖《ふすま》など無く開放的だ。

私と銀次さんが入って来た事で、作業をしている者たちがチラリとこちらを見た。だけどそれだけで、私たちにはさほどの興味も示さず筆やそろばんを動かし続けている。

何だかとても不気味だ。

「突然の呼び出し、誠に申し訳ない」

一番奥の、巻物の積み上がった机から立ち上がり、こちらにやってきた者がいた。

水のような淡い青紫色の髪をして、袖裾《そですそ》の長い、緩やかな白い羽織を纏《まと》った青年だった。丸天の紋は入っているのに、他の従業員の黒い羽織や法被と違って、お帳場の羽織は白地らしい。

この人がお帳場長の、白夜さんか。

聞いていた通り役人のそれに近い風貌《ふうぼう》で、お堅い雰囲気。だけどぱっと見た感じでは、銀次さんよりも年下に思えるし、何だか凄《すご》く中性的だ。男の人にしては細身というか、いかにも肉体労働は向いてなそうというか……

だけど細められた瑠璃色《るりいろ》の双眼は、どこまでも温かみが無く淡々としていた。

白夜さんは目にかかる前髪の隙間から、じっと私をとらえる。

「まあ、座りたまえ」

お帳場長はこの白い空間の奥にある、簡易な応接室へと私たちを案内し、座らせた。

彼の言葉は、優雅な見た目とはかけ離れた強制力がある。私も銀次さんも、素直に行動し、ちょこんと座った。

大旦那様の奥座敷と違って、囲炉裏も無い、ただの畳だけの四角い部屋だ。

ここも周囲は柱で囲われ、開け放たれている。

ある意味でモダンな和室っぽい、と現世を生きていた私は思った。ほら、洋室の隅っこに小さな畳の空間があったりするじゃない。あの手の空間に近い。

秘書っぽいキリリとした眼鏡の女性がお茶を持って来てくれたところで、お帳場長は名乗った。

「お初にお目にかかる。私はお帳場長を務めさせていただいている白夜という者だ。以後、お見知りおきを、津場木《つばき》葵君」

「は、はい……よろしくお願いします。津場木葵です」

流石《さすが》の私も、何だか緊張してしまって、畏《かしこ》まって深く頭を下げた。

「では……」

白夜さんは、袖の中から取り出した扇子で、ピシッと手のひらを打った。

その音に、私も銀次さんもびくりと肩を上げる。

「まず若旦那《わかだんな》殿。私は今まで、あなたの突拍子もない企画にも散々目を瞑《つぶ》ってきたものだが、あの離れの失敗にはそろそろ口を出さねばと思っている」

「は、はい……そろそろかと思っていました……」

あの若旦那の銀次さんが、あの若旦那の銀次さんが……っ。

耳を垂らして下手《したて》に出ているあたり、このお帳場長という立場は相当高いのだろうなと痛感した。白夜さんは手のひらにピシピシ扇子を打ち付けながら、淡々と続ける。

「元々上手《うま》く行く見込みの無い、赤字と曰《いわ》くにまみれた場所だ。マイナスからのスタートの上、葵君の借金の件もある。現段階での赤字は、若旦那殿、あなたの責任だ。しかしそのうち、葵君の責任にまでおよび、彼女の借金そのものが増えてしまう可能性がある……」

「そんな、それはダメです。夕がおは私の管轄です。おっしゃる通り、全ての責任は私にあります。いざとなったら若旦那の地位を返上する覚悟です」

「ふっ、覚悟は結構な事だ」

私は「え?」と銀次さんの方を見たが、口を挟む前に、白夜さんの扇子が、また強く手のひらに打ち付けられる音がした。その音は何故だか体の芯《しん》まで響き、耳に残る。

「しかし若旦那殿。もう後は無いと言う事はお知らせしておこう。貴方《あなた》はあの場所で失敗を繰り返しすぎた。あの鬼門中の鬼門を受け持つと言うはずれくじを引かされたのだから哀れとも言えるが……このままでは、流石の招き狐もお手上げと言う事になって、あの場所の必要性すら問わなければならなくなる」

「そ、それは……しかし、私はあの場所には、大きな可能性が残っていると思っています。取り壊しだけはご勘弁を。いましばらく、様子を見ていただきたいものです」

銀次さんは深々と頭を下げていた。

「ちょ……ちょっと」

二人の会話に圧倒されていたが、私はやっと口を挟む事が出来た。

「ちょっと待ってよ。なぜそんな話になっているの？　まだ始めて一週間じゃない。そりゃあ、お客が入っていないのは確かだけど」

私は銀次さんが責められるのを黙って聞いている訳にはいかなかった。

「夕がおは、私がやりたいと言って始めた食事処よ。ダメなのは、私のせいだわ。なぜ銀次さんがそんなに責任を負わなくてはならないの。責任なら私が……」

「葵君、無責任な言葉は慎みたまえ」

白夜さんは私の言葉を遮り、少しキツい口調で私を窘《たしな》め、厳しく見据えた。

「いざという時、自分が責任を取ると言うつもりか？　取れると思っているのか？」

「そ、それは……」

私は言葉に詰まる。安易に責任を取る、という言葉を発そうとした事に、白夜さんが呆《あき》れている事は分かっていた。

「……全く。これだから金と商売を知らない、人間の小娘は」

バッと開かれた扇子には、堂々と「商売繁盛」と書かれていた。白夜さんはそれで口元を隠し、まるでそれが合図かのように、お叱りモードに拍車をかける。

「通常、新しい店というものができたら、最初の一週間こそ賑《にぎ》わうものだ。今まであの場所で営まれた店もそうだった。しかし夕がおにはそれもない。このままでは、大変マズいと言っている」

「は、はい……」

「葵君、夕がおがこのまま〝まるで駄目な食事処〟であるのなら、君には早々に無茶な戯れを止めてもらい、大旦那様に嫁入りしてもらいたい。それこそが、責任をとると言う事。というか君にはそれしか出来まい」

「…………」

無茶な戯れ、か。色々と酷《ひど》い事を言われた気がしたが、反論の余地は無い。

結果が全てだ。ぐうの音も出ない私に、白夜さんは鼻で笑う。

「正直に言おう。私はとても苛《いら》ついている」

手に持つ扇子をビッと閉じて、今度はそれで床をついた。

白夜さんが苛ついているのは、厳しい言葉の端々から何となく察していたが、こんな風に正直に言われると、こちらとしては縮こまるばかりだった。

「やっとあのお荷物極まれる離れを取り壊す見通しが立ったところで、葵君、君が現れた。

大人しく嫁入りしてくれれば良かったものを、あろうことか我らが大旦那様を拒否し、あの場所で働くと戯言《ざれごと》をほざく。大旦那様も困ったお方だ。このような身の程知らずな小娘の戯言をお聞きになるとは……。はあ、突拍子が無くて、考え無しで、有害。そんな所が、とても津場木史郎《しろう》に似ている」

そして、どのあやかしも言うように、決まって私にそう告げた。

良くも悪くも、誰もが忘れられない、あの、津場木史郎に似ている、と。

「そう。似ている……この天神屋に損害ばかり与える辺り、とても……やっかいな辺り、とても。まるで大いなる災いのような」

「え？　大いなる災い？」

「あの津場木史郎が生み出した損害は、それはそれは大きなものだった。今思い出してもはらわたが煮えくり返りそうだ。あの男はいつもそうだった。そう、いつもいつもいつもっ、天神屋に損害ばかり出させて……っ」

「…………」

あ、やばい。このひとおじいちゃんの事が嫌いだったひとだ。

先ほどまであんなに冷淡だったのに、口調は明らかに早口になり、怒りに満ち満ちている様子の白夜さん。背後に氷浸《づ》けの阿修羅《あしゅら》像が見える勢いだ。畳を突く扇子に凄い力が籠《こも》ってぶるぶる震えている。折れそう。

「それこそ、あの莫大《ばくだい》な借金を作ったデカ過ぎる被害のせいで、天神屋が窮地に追い込まれた事など君は知らないだろう葵君。完璧《かんぺき》に管理して来た私の帳簿の数字が、あろうことかあんなボケカスの、ちんけな人間によって支配されたのだ。私の予期せぬ出来事で、簡単に帳簿が荒れた……数字は魔法のように、減っていった……」

ひたすら無言になって、身動き一つしないで、白夜さんの話を聞く私と銀次さん。

リアルな数字で損害というものを確認した白夜さんにとって、おじいちゃんのやんちゃによる結果、というものは相当応《こた》えたのだろう。精神的にも。

白夜さんは、沈黙しつつどん引きしているこちらに気がついたのか、一度お茶を飲んで「失礼」と冷静さを取り戻す。

「まあ……確かに、あの中庭の離れの店は、今までを見ても利益が出難い。君たちの力不足と言うだけの話ではないだろう。しかし、だ。始めると言ったのは君たち。経費を食うばかりだからと元々取り壊す予定だったのを、大旦那様の口添えがあったからこそ、存続させた場所だ。ただし特別扱いなど出来ない……」

ちょっとヒートアップしていたテンションが、また冷ややかなものにまで落ち着き、彼は淡々とダメ出しを続けた。

「とにかく知名度が低い。遠い。行くまでが面倒くさい。地味。なんとかしたまえ」

「し、しかしお帳場長殿。せめて宣伝費を増額していただければ、まだ打つ手はあるのですが。七夕まつりなど、今後きっかけはありますし、それに合わせて……」

「甘い」

ダン、と扇子が今一度畳を突いた。

「若旦那殿、どの部署も与えられた予算の中で上手く利益を出している。利益の出せない部署、企画等は、言わばお荷物。我々お帳場はそれらを数字で判断し、感情を排除し、ダメならダメで斬り捨てる決断をしなければならないのだ。君にも分かっているだろうに」

「は、はい」

「努力している、一生懸命、必要としている人もいる、お金が全てじゃない……ハッ、そんな言葉は、このお帳場には通用しないと心得たまえ」

「……はい」

「よって、我々お帳場はここ一週間の数字に基づき、夕がおの期待値の低下により、七月より予算を三割減額させていただく事を申し上げる」

「……はい。……って、えっ⁉」

銀次さんも私も、俯《うつむ》きがちだった顔を一気に上げた。瞬きも出来ない。

今でも少ない経費でやりくりしているのに、なんと、三割減額⁉

「これでも少し多めに見た方だ……以上。励みたまえ」

これ以上言う事も無いし、聞く話も無い、と言うように、白夜さんはすぐに立ち上がり、扇子を開いて顔を仰ぎながら、さっさとマイデスクへと戻っていった。

私たちはあまりのショッキングな決定に、しばらくその場から立ち上がれずに石化していたが、やがてゆるゆると立ち上がり、亡者のように揺れながらお帳場を出て行く。

出た所で、お互い長く息を吐いた。

この部屋へ入る前の意気込みなど、粉砕されどこかへ飛んでいった。

「流石は、長く天神屋を支えてきたお帳場長……血も涙もありませんでしたね……」

「あそこまで言われるといっそ清々《すがすが》しいわ……」

思っていた以上に、お帳場長・白夜さんの圧力、お叱りは凄《すさ》まじいものがあった。

「これはもう、本当に六月いっぱいでどうにかしなければならないですね」

「……そうね」

でも、やっぱり元々食事処なんて無茶な話で、私は大旦那様に嫁入りするのが一番正しい事なんじゃないだろうか。

斜め下のどこでもない場所を見つめながら、弱気にもなってしまった。

「いや、まだまだこれからです！」

しかし銀次さんはぐっと拳《こぶし》を作って、上を向く。

「大丈夫です葵さん。まだ全てを諦《あきら》めろと言われた訳ではないのですから、出来る事はありますよ。私も若旦那の地位をかけ、出来る限りの手を尽くします！」

斜めに傾きがちな私の肩をガシッと掴《つか》んで、銀次さんはまっすぐ立たせてくれた。

「そ……そうよね。ありがとう銀次さん。私ガンバル……」

「ああっ、葵さんしっかり！」

銀次さんに励まされながら、なんとか立っている。それでも時々ふらついた。

離れへと戻りながら、銀次さんは悔しそうにして私に言った。

「おそらく、お帳場はあの離れを取り壊す事を、まだ諦めていないのでしょう。本来ならもう少し様子を見るところを……色々と性急すぎます」

「それだけあの場所は厄介で、お荷物だったって事なのね」

あの離れを、早々に取り壊したがっている者たちがいる。

鬼門中の鬼門。私は、この意味をあまりに知らなかった様だ。


なんとかしなければならない。それでも、お客はいっこうに増えない。

銀次さんが呼び込みをしてくれて時々人は来るのだけれど、お店として利益を出す程では無かった。

私はお店を開くと言う事に対して、色々と甘かったのかもしれないな。

そう思っても、日々は容赦無く過ぎて行く。

毎日仕込みをして、毎日お米を炊いてお客様を待つ。お客様がやってきたら、精一杯おもてなしをする。美味《おい》しいと言ってもらえた事もあり、それが励みとなる。

だけど一日の最後には、廃棄する量があまりに多くてちょっと泣ける。

でもそれが、食事処を始めるということだったのだろう。

「葵ー、いるー？」

開店して、二週間目のある日の午後。準備中、雪女のお涼《りょう》が尋ねてきた。

「あら、お涼《りょう》どうしたの？　またタダ飯を食らいに来たの？」

「そんな酷なことしないわよ〜。死に体に鞭打《むちう》つみたいな。ま、残り物が多過ぎるって言うなら食べてあげても良いわよ」

「……言ってくれるじゃないの」

お涼はこの夕がおの状況をよく知っているようだった。

「ふふ、まああんたも暇かなと思って、ちょっと依頼したい事があるのだけど」

「依頼？　あんたが？」

珍しい事もあるものだ。やっていた作業を止めて、カウンターから出てお涼の話を詳しく聞く事にした。

お涼はまず、端的にこう依頼した。

「あのね。お弁当を作って欲しいと思っているの」

「……お弁当？」

あれ、やっぱりこいつ、ただ飯を作ってもらいに来たんじゃ……

「私のじゃないわよ。お客様のよ」

「お客様のお弁当？」

「そう。ちょっとね、問題のある……というか、お得意様なんだけど、特殊なお客様がいてね。私の担当のお部屋のお客で、色々と困っているというか……」

お涼は座敷席の段差に座り込んで、そのお客様について語り始めた。

お客の名は薄荷坊《はっかぼう》という。入道坊主というあやかしで、なんとこの隠世《かくりよ》の有名な小説家なのだとか。

ここずっと天神屋に宿泊し、しばらく引きこもって執筆のお仕事をしているらしい。原稿が上手《うま》く進んでいない時は、部屋出しの食事すら、面倒に思って手をつけない。最近じゃ、仲居が部屋にやって来て食事を用意する行為すら、うるさいだの気が散るだの言って、閉め出してしまうんだと。

「だけどそんなの、こちらは困るってものじゃない。食事すらしないお客様なんて、万が一何かあったら天神屋の責任だもの。というか、あの部屋を任されている私の責任になっちゃうわ」

「それで、お弁当をってこと？　部屋出しの食事が面倒くさいのは何となく分かるけれど、食べる事が面倒なら、お弁当でも同じじゃないの？」

「そこはあんたの力の見せ所じゃない。あの変わり者に食べてもらえるお弁当を作ってほしいわけ。ま、こっちは手を打ちましたよって言う形を取れれば良いのよ」

ふーん。そういう事か。

だけど、執筆に夢中の小説家に食べてもらえるお弁当とはいったいどんなものだろう。

「まあいいわ。どうせ食材なら沢山余っているのだから、お弁当を一つ作るくらい問題ないわよ」

「本当？　じゃあついでに……私にも作ってくれたらなーとか」

ちゃっかり自分の分のお弁当を要求するお涼。すっと、自分のお弁当箱をこちらに差し出した。ちりめんの可愛らしい巾着袋《きんちやく》に包まれた、わりと大きな竹製の箱だった。

「あんた……結局それが目的だったんじゃないでしょうね」

「だってー天神屋のまかないは厨房《ちゆうぼう》の見習いたちが作るのだけど、忙しいのか最近適当な料理ばかりだし、見習いたちは作ってやってるんだって感じで腹立つし。どうせそれぞれ自分で時間をみつけて食事しなければならないから、お弁当の方が好きな場所で食べられて楽なのよねー」

「へえ、天神屋ってまかないがあるんだ」

私にはそちらの方が気になった。嫌がらせばかりしてくる見習いダルマたちが作っているのが、何だか想像できないけれど、天神屋の厨房のお料理は気になる。

一度天神屋の本格的な会席料理を食べてみたいのだけれど、今の自分には、近くて遠いものの様に思えた。タダで食べさせてくれなんておこがましいこと、とても要求できないし、そもそも厨房のダルマたちには煙たがられている気がするし。

「あ、そろそろ戻らないと。新しい若女将《おかみ》にガミガミ言われてしまうもの」

お涼は椅子から立ち上がると、「夕方に取りにくるわねー」と言って、足早にこの離れを出て行った。お涼もなかなか大変そうだ。

「……さて」

食べる事すら面倒くさいと思っているあやかしに、食べてもらえるお弁当、か。

これはなかなか難易度が高そうではある。だけど、面白いじゃない。

「普通のお弁当ではダメよね。小説家……原稿に気がいってしまって、部屋出しの食事すら面倒に思っているのでしょう？　なら、机に座って……こうやって、原稿を見ながらでも、横から取って食べられるのが良いって事よね」

ちょっと座敷席に座って、テーブルの前にノートを置いて、あたかも何かを書いているような体勢を自分でとってみる。

「片手でつまめる……そうね、爪楊枝《つまようじ》なんかを利用して、一口サイズのものをぱくぱく食べられるお弁当が良いかもね。原稿から目を離さずに」

よし。それでいこう。方向性が決まったところで、私はさっそく、目の前に開いていたノートに候補のメニューを書き列《つら》ねた。あらかたメニューが決まったら、厨房へと向かう。夕がおが始まる前に作ってしまわないと。例のお客様のお弁当箱は、以前私が大旦那様《おおだんな》から返してもらった、大きめのアルミのものが一つあったから、それを使うことにした。

「まるで、幼稚園児のお弁当でも作るかのようだわ」

おにぎりは、よくある三角形のものと言うよりはピンポン玉大の丸いライスボールという感じで、ちょっと強く握って、細く切った海苔《のり》をバッテンに巻いて並べた。味はゆかり、おかか、炊き込み御飯など。全部一口大で、手づかみで食べられる。

あとは鶏の唐揚げや、野菜の卵巻き、丸いカボチャコロッケ、王道のミニトマト、エビとはんぺんで作ったお饅頭《まんじゅう》、などなど。これらは全て一口大で、お弁当箱に詰め、おかずに数本爪楊枝を突き刺すと、子供が好みそうなお弁当になった。

まあ、子供向けにしてはお弁当箱が地味で、量が多いかな。

「せっかくだから、爪楊枝にアレンジでもしましょうか」

大学鞄《かばん》をごそごそと漁《あさ》り、文具を入れていたプラスチックケースから取り出したるは、白いメモ帳。そしてペン。ノリ。

イメージは、以前乗った海閣丸《かいかくまる》に掲げられていた、丸天の帆。小さく三角形に切った白い紙に、ペンで丸天の紋を描き、一本の爪楊枝に貼り付ける。さながら、お子様ランチのチキンライスに刺さった、国旗飾りの爪楊枝のように、お弁当の丸いおにぎりに突き刺した。

中身が乱れないように、なんとか蓋《ふた》をする。ふう。これでひとまず完成だ。

「お涼のお弁当は適当に詰めましょ」

お涼が持参したお弁当箱には、余り物を詰め込んだ。とは言え、せっかくなので爪楊枝には「弁当代は五百蓮《れん》」と書いた紙を貼り付けて、卵焼きに刺しておいたのだった。蓮《れん》は隠世の通貨単位である。

「葵～できた～？」

ちょうど良いタイミングで、お涼がお弁当箱を取りにやってきた。

「一応ね。出来る限りの事はしたつもりよ」

「わーい、私のお弁当」

お涼は最初の趣旨を忘れ、すでに自分のお弁当を喜んでいる。早く中を見てくれないかなと思いつつ、足取り軽く渡り廊下を戻って行くお涼を、店先で見送った。

さあ、例の小説家のお客様は、これを食べてくれるだろうか……

薄《うっす》らと夕暮れの色味を感じる空の下、柳の樹の枝がさわさわと揺れる。

ちょうど夕がおの開く時間でもあったので、外に出たついでに暖簾《のれん》をかけ、「準備中」と書かれた掛け札を「商い中」に裏返したのだった。

第四話　大旦那様と雨散歩

本格的に梅雨入りしたのだろうか。昨日からずっと雨が降っている。

とても強い雨と言うよりは、しとしと雨がずっと続いている空模様である。

さて、今日、夕がおはお休みの日だ。

店休日は、毎週水曜日と、天神屋《てんじんや》の休館日という事にしている。ただ、来月から予算が減ったら、店休日を増やさなければならないだろうと銀次《ぎんじ》さんは言っていた。

「最近お客さんも入るようになって来たのにな……」

店内を掃除する手を止めた。ぼやきだけが響く。

実はここ数日、そこそこ客入りが良い。

理由はよくわからないが、小説家のお弁当のついでに作ったお涼《りょう》のお弁当を見て、仕事終わりや休憩の時間にやって来たと言う天神屋の従業員も多いのだった。

そう。小説家の入道坊主、薄荷坊《はっかぼう》というあやかしに、今日の分を含め五日続けてお弁当を作り続けている。

お涼が間に立ってやり取りされる、私の一口サイズのおかずを詰め込んだお弁当は、好きな時間に勝手に食べられるということもあってか、なんとかその小説家に食べてもらっているらしい。

お弁当箱は食べ終わった後に部屋の外に置かれているようで、お涼がいつも就寝時刻前に回収し、夕がおまで持ってくる。ひとつ面白い事に、お弁当箱を包んだ手ぬぐいにはいつもリクエストを書いた手紙が挟まっているのだった。

今回は『魚料理が食べたい』とみみずののたくったような字で書かれていた。

先ほどまで、この注文に随分と頭を悩ませたものだ。

焼き魚を片手間に食べられる様に作るのはなかなか大変だったけれど、鰹《かつお》を角切りの生姜《しようが》焼きにして、少し長めの串《くし》に、焼いた玉ねぎを挟み焼き鳥のように連ねてみたら、なかなか上手くいったのよね。

私はそのあやかしを見た事も無いのに、リクエストを了解し、お弁当を作り続けていたのだった。今日の分も、先ほどお涼が持って行ったところだ。

「……あれ」

店内の掃除の途中、ふと窓辺に目をやった。誰かが渡り廊下を歩いているのを目の端で捉《とら》えたからだった。

「また見習いダルマ……？　いえ、大旦那様だわ。こちらに来ているのかしら」

不思議に思いながらも、誘われるように店内から出た。店先の屋根の下で大旦那様を見守っていたが、彼は渡り廊下の途中で和傘を開き、裏山に続く小道へと逸《そ》れて行ってしまった。

こちらへ来る用事ではなかった様だ。

大旦那様はいったいどこへ向かっていて、何をしているんだろう。

「待って……待って、大旦那様！」

思わず雨の中を駆け出して、大旦那様を追いかける。大旦那様は私の声が聞こえたのか、裏山への小道の途中、振り返った。

「おや葵《あおい》。どうしたんだい、傘もささずに」

大旦那様は少し下りて来て、雨に濡《ぬ》れた私に傘を向け中に入れてくれた。

「ありがとう。大旦那様が見えたから、どこへ行くのかなと思って追いかけて来ちゃった」

「……僕を？」

何故か少し驚いた顔をして、大旦那様は瞬《まばた》きを二度程した。

すぐにクスッと意味深な笑みを浮かべると、人差し指を立てて「上だ」とだけ言う。

「裏山の？　上に何かあるの？」

天神屋の裏山。それは天神屋の後方を守るように存在する小さな山だ。主に竹林で成り立っていて、いつもどこからか湯気が立ち上っている。

下から見上げる事はあっても、登ったことはない。

「ねえ、一緒に行ってもいい？」

「………………」

大旦那様は妙な表情をして、しばらく黙った。私はあっと察して、目を細める。

「嫌な訳ね。分かったわ。そちらにも色々事情があるでしょうし、無茶な事を言ってごめんなさい」

「いやいや、いや」

私がスタスタと夕がおへと戻ろうとしたのを、大旦那様は肩を掴《つか》んで止めた。

「気になるのなら、ついておいで」

「いいの？　何だかすっごく迷惑そうな顔をしていたわよ、今」

「そんなつもりはない。傘は一つしか無いから、隣に入ると良い」

「……いいの？」

「いいよ。ほら、おいで」

「………………」

何だかわがままを言って連れて行ってもらっている子供みたい。

しとしとと雨が降る中、大旦那様の大きな傘に守られ、竹林の小道を上る。

涼しくて心地が良い。さわさわと、笹の擦れる音が清涼な空気をより引き立てた。

「静かね。天神屋の裏山って、こんなふうになっているなんて、私知らなかったわ」

「……濡れちゃいないかい？　風邪をひいてしまっては大変だからね」

「大丈夫よ。大旦那様こそ、肩が傘から出てしまっているわ」

「あはは。僕は鬼神だよ。雨で風邪になるなんて、ここ三百年くらい覚えが無いなあ」

「どれだけ長生きなのよ」

流石《さすが》につっこんでしまった。大旦那様は本気でそう言ったのか、ただのジョークのつもりだったのか、いつもながらに訳が分からない。

「ああ、ほら見えてきた。僕が向かっていたのはあの場所だよ」

細道を上りきると少し開けた場所があり、崖《がけ》に接した小さな温泉がいくつか点在している様だった。温泉は、全て屋根が取り付けられていて、石畳で繋《つな》がっている。

「まさか大旦那様……こんな雨の日に露天の温泉に入りに来たんじゃないでしょうね」

「おお。その発想は無かった。なんなら一緒に入ろうか。あれが65度、あれが90度、あれが100度以上あるが」

「やめとくわ。人間がそんな熱いお湯に入ったら大火傷《やけど》じゃ済まないもの。それにこの温泉、まるで血の色みたいで……」

すっかり血の気が引いてしまったのは、温泉の色がちょっとあり得ないくらい赤かったからだ。立てられた古い板には「朱《しゅ》ノ泉《いずみ》」と書かれている。

「特に害があるものじゃない。むしろ良いものが浸《つ》かっているよ。……お、これなんてそろそろじゃないかな」

大旦那様は一番傍の温泉の屋根の下まで行くと、傘を閉じ、お湯を覗《のぞ》き込んで屈《かが》む。

私もまた、大旦那様の隣で屈んで、赤いお湯を物珍しげに覗いていた。

「⁉」

その時、朱ノ泉の脇にひっそりと備え付けられていたベルが、ちりんと鳴った。

何事かと思ったけれど、大旦那様にはそれが何の合図か分かっているようで、地面からお湯に向かって取り付けられていた竿《さお》を、一本引き上げた。

竿から垂れる縄の先には深めのザルがあり、中には卵がいくつも入っていた。

「ももも、もしかして、温泉卵⁉」

私のテンションは急上昇。大旦那様は分かっていたと言うように苦笑した。

「葵の反応は面白いな」

「だって温泉卵よ。温泉卵！」

「ああ。このお湯に浸かっているのは、まごう事無く温泉卵だ。白身が固まっておらず、黄身が半熟の状態のものだな。65度から70度の温泉に、30分ほど浸けておく事でできる」

大旦那様は温泉卵の説明をしながら、ザルを持って立ち上がる。

そして、石畳で繋がる他の温泉を見やった。

「あちらの温泉は100度近くあるから、卵を浸《つ》けていると十分程度でゆで卵になるよ。こちらの半熟状の温泉卵が一般的だが、温泉の湯に浸けたり、温泉の蒸気でつくったゆで卵も、総じて温泉卵と言うんだ」

「そうだったんだ。ここは色々な温泉卵を作っている場所なの？」

「ああ。カマイタチたちが管理してくれている」

「もしかして、卵は食火鶏《ひくいどり》の卵？」

「そうだ。食火鶏は肉だけではなく、卵も濃厚で美味《うま》い。この山の裏側に、天神屋がお世話になっている養鶏場がある。毎朝卵を持って来てもらうんだよ」

大旦那《おおだんな》様は簡単そうに、片手で傘を開いた。

「まあこちらへおいで。隣の小屋で、少し味見をしてみよう」

傘を傾け、また私を隣に入れた。温泉卵を作る温泉群の隣には、こぢんまりとした茅葺《かやぶ》き屋根の小屋があったのでそちらに移動する。私の居る離れに近いかも。

中は質素な畳の間で、ぼろい和風の階段棚や古時計、簡単な台所がある以外には、特に変わったものなど無い。

古い木造の建物で、屋根は幅が広いため、大旦那様は正面の襖《ふすま》を全開にしたまま、室内に明かりと空気を通した。雨が縁側や室内に入ってくることは無い。その後、大旦那様は階段棚の引き出しを開けて、真っ白な手ぬぐいを数枚取り出した。

「ほら。少し濡れてしまっただろう。髪が頬にくっついているよ」

ふわりと、柔らかい手ぬぐいが頬に当てられた。大旦那様の大きな手が、すっぽりと頬を包んでいるのが手ぬぐい越しに分かる。

なぜだか少し緊張して、肩を上げた。大旦那様はそんな私に気がついているのかいないのか、横髪や前髪の雫《しずく》を優しく拭《ぬぐ》う。

少々手際が悪く、あまりに優しい手つきである事に違和感を覚える。これはきっと私が、前に大旦那様の鋭い爪を痛がったからだろう。

「お……っ、大旦那様だって、凄《すご》く濡れてるわよ！」

よくわからない気恥ずかしさを誤魔化すように、私は新しい手ぬぐいを広げて、キッと大旦那様を見上げた。

「す、座って」

「ん？」

「ここに座ってちょうだい」

大旦那様は目を大きく見開いて、訳が分からないと言いたげな顔をしていた。だけど言われた通り、その場に座った。なぜか正座。

「大旦那様の方が濡れているんだから、今度は私が拭《ふ》いてあげるわ」

「ほお。葵は律儀だな」

大旦那様は何やら嬉《うれ》しそうではあるが、余裕のある態度だ。それも悔しい。

私はふんと思いながらも、大旦那様の髪をわしゃわしゃと拭いた。それにしても、鋭い角がこちらを向いていて拭き辛《づら》い。

「うーん、角が邪魔ね。これ取れないの？」

「え？　そんな、取り外し可能な便利な機能は備えていない。角あっての鬼だと言うのに、角を邪魔と言ってのけた娘はお前が初めてだな……葵は本当に恐ろしい事を言う」

少々、というかかなり、たまげているらしき大旦那様の表情を見た。

あ、大旦那様が本気で引いてる……あの大旦那様が青ざめてる……

「……ごめんなさい。今のは少し、私もアホな事を言ったなと思ったわ」

それでも、わしゃわしゃと大旦那様の髪を拭く手を止めはしない。

流石の私も少し恥ずかしくなった。そうよね。角あっての鬼よね。

雨に濡れていつもより長く思える。さらさらの黒髪は、

というか大旦那様、本当に濡れちゃってる。私が横に居たから、きっと傘の割合をこちらに多く傾けてくれていたんだわ。大旦那様は私を連れて行くのを渋ったはずだ。

座る大旦那様の前で膝《ひざ》をついて、肩や、着物の袖《そで》の雫を払い、濡れた場所を拭いていた。

ふと、大旦那様と視線が合う。赤い瞳《ひとみ》が前髪の隙間から、大旦那様が静かに私を見上げているのに気がついて、はっとしたのだ。顔も体も、かなり近い場所にあった。

それを意識してしまうと、僅《わず》かに身を引いてしまう。

「な、何よ」

「いや、この角度から葵を見るのは初めてだと思ってな」

「見つめるに耐えうる顔はしていませんけれど」

急ぎ立ち上がる。後ろを向いて、腕を組んだ。

「ありがとう、葵」

「べ、別に……良いわよこのくらい」

大旦那様は私に対してお礼を言って、同じように立ち上がった。余裕のある大旦那様と違って、私の何と落ち着きの無い事か。まるで強がっている小動物の様だと、我ながらこういう時の経験値不足に情けなくなってしまった。

「さて、せっかくの温泉卵が冷めきってしまう。そろそろいただこうか」

大旦那様は別の階段棚の引き出しを開けた。中から陶器の小皿と、木製の匙《さじ》を取り出して、私に手渡す。何でも揃っている、便利な棚だな……

「あとは、ラムネだ……ラムネはどの棚だったかな」

「ラムネ？」

大旦那様は一番低い棚の前で片膝をついて、一番奥の引き出しを開けた。

驚いた事に、その引き出しからはもくもくと冷気が立ち上り、中は氷柱《つらら》女の氷に囲まれた冷蔵庫になっている。中からラムネの瓶を二本取り出して、一本を私に差し出した。

「この山で湧く天然の炭酸水を、飲料用として瓶に詰めたものだ。これは、鬼門ラムネとして昔から親しまれているんだ」

「というか、そんな所からラムネが出て来た事が驚きだわ……」

「お前のそう言う顔が見られて、僕は嬉しいよ」

大旦那様は意地悪な笑みを浮かべた。またちょっと悔しい。

しかしもう、すでに心は目の前の温泉卵とラムネにある。

大旦那様は壁際に背を付け座り、私にも隣に座るように目で合図をしたので、言われた通りそそくさと彼の隣に座る。ザルから卵を取って、コンコンと床で打って殻を割り、陶器の器に落とす。大旦那様の分も。

おお……固まりきれていない白身と、半熟状の黄身がお目見えだわ。ツヤと張りがあって、ほのかに残る硫黄の匂いが何とも言えない。

その隣で、大旦那様はラムネを二本開けていた。

ポン、の後。しゅわしゅわと心地よい初夏の音が届いた。

大旦那様は袖の中から和紙に包まれた塩を取り出し、それを開く。キラキラと輝く粗塩だ。

「温泉卵にはほんの少し塩を振りかけると良い。これはうちの温泉でとれた塩だ。ラムネをお供にするとなかなか乙だよ」

「温泉卵とラムネの組み合わせなんて、初めてだわ」

「鬼門温泉では、これが夏の風物詩さ。まだ少し早いけれどね」

「へぇえ」

夏の風物詩、ねぇ。

大旦那様に勧められた通り、塩を摘《つま》んで少しだけ振りかける。その温泉卵の器を持って、匙で黄身を割って、一口分を掬《すく》う。

固さはあるがまだ半熟の黄身に、とろっとした白身が僅かに寄り添う。

耐えきれず、ぱくり。

「…………うぅ」

口の中でふわっと広がる奥深い卵の風味、まろやかで濃厚な味わい、鼻を通り抜ける温泉の香りに、私はたまらず唸《うな》り声を上げ、上げていた肩を落とした。僅かな塩分が、むしろ卵の甘みを引き立てる。

「はあ。正直素材そのもののシンプルな味わいって、料理を遥《はる》かに凌駕《りょうが》すると思うのよね」

「あははは。何だその敗北宣言は。お前は料理を作る者だろうに」

大旦那様は何が面白いのか、膝を叩《たた》いて笑った。

だって、と言い訳をする前に、私はラムネを飲んでみた。しゅわしゅわと音を立て続けるラムネ。ほのかな甘さもあるのに、いつも飲む市販のものよりずっと透き通った味がした。

「なにこれ……凄いわね。とても澄んだ味がするわ」

「美味いだろう？　天然ならではの澄んだ味だ。無駄な香料など含まれてない。温泉卵の濃厚な後味と相性が良いんだよ」

もう一度卵を食べた。炭酸水で口の中がすきっとした後に食べると、黄身の濃厚な味わいが際立つ。これはなかなか憎い組み合わせだわ。

「………」

しばらく、ただ黙々と食していた。

開け放った正面の縁側から見える雨景色。咲いた紫陽花《あじさい》の花の青。

こんな梅雨時期の、しとしと雨の中で食べる温泉卵と炭酸水。異色なようで、なかなか風流に感じられる。

すぐそこまで来ている、夏という季節を予感させる。

「そう言えば……大旦那様は、ここに何をしに来たの？　この卵を食べに来たの？」

「それもあるが、ここは僕個人の離れみたいなものでね。時々一人でここへ来て、ぼんやりする事がある。雨の日は特に。ここから雨景色を眺めているだけで気分がすっきりとするからな」

「へえ……大旦那様でも、そう言う事があるんだ」

「あるとも。時には一人になりたい事もある」

「……悪かったわね。一人になりたい時に、私が勝手について来ちゃって」

なるほど、だから私がついて行きたいと言った時、微妙な顔をした訳ね。

ぐっとラムネを飲んだ。カラン、とビー玉が瓶の中で転がる。

大旦那様はまた不思議そうな面持ちで私を見ていた。

「何を言っている。僕には、お前が僕について来た事の方がよほど意外だ」

「え？」

「だってお前は、僕を……うーむ、いや……」

大旦那様は言葉に躊躇《ためら》いを見せ、視線を逸《そ》らした。

「何よ。やっぱり私がついてくると、色々と不都合があったようね」

「そんな事は無い」

そこははっきりと、大旦那様は私を見て断言する。

「まあ、何だ。僕は別に、お前がここに居る事を嫌だとは思っていないよ。むしろ少し良い気分だ。一人で物思いに耽《ふけ》るのも確かに良いが、花嫁と二人きりと言うのも悪く無い」

何かを誤魔化すような、余裕めいた笑みだ。怪しいったら無いわね。

「はん。きっとカマイタチがどこからか見ているわ。二人きりとはほど遠いわよ」

可愛げの無い切り返しの後、温泉卵を食べ、ラムネを飲んでしまった。

雨音は変わらず、さっきからずっと同じリズムを刻んでいる。屋根を伝って溢《あふ》れる雨水が、ビーズみたいに連なって、キラキラと視界を煌《きら》めかせる。

「……葵、夕がおはどうだい？」

「…………」

やがて大旦那《おおだんな》様はその事に触れる。私はしばらく黙っていた。だけど、どうせ大旦那様は何もかも知っているだろうからな。

「難しいわね。色々と、難しいと思ったわ……」

ぽつり、ぽつりと素直に語り出す。溢れる雨粒のように。

今までの事、お帳場での事、お弁当の事、来月の事……

「このままでは、来月からはお店を開く日が限られてしまうかもしれないわ。でも、少しずつお客さんも入るようになって来たし、私はまだまだ頑張れると思ってる」

「そうかい。葵は逞《たくま》しいな」

「…………」

「……だけど、無茶は良く無い。あまり寝ていないだろう」

「……え？」

俯《うつむ》きがちだった顔を上げた。

なぜ大旦那様はそんな事を知っているのだろう。

「僕の部屋から、お前の居る夕がおが見える。食事処が終わっても灯《あか》りがついているし、お前は起きるのも早い様だ。隠世《かくりよ》は現世《うつしよ》とは就寝や起床のペースも違うから、お前には負担も大きいだろう。生活に慣れるのもキツい部分があるだろうに……」

大旦那様は落ち着きのある低い声で語りながら、袖の中から煙管《キセル》を取り出した。

鬼火で火をつけ、それを吹かす大旦那様は、やはり絵になる。

「銀次が居ると言っても、毎日一人で食事処をきりもりしていては、疲れも溜まりがちだ。仮令《たとえ》、お帳場での事が無くとも、もう少し食事処を開く日数を限った方が良いかもしれないな」

「そういうもの？」

「ああ。何事にも効率と言うものがある。宿だって、客が入りやすい時期と、入りにくい時期があるものだ。何と言っても、この梅雨時期と、寒い冬場は客の入りが悪い」

大旦那様は立ち上がり、開けた縁側の、雨に濡《ぬ》れない際まで出て、曇った空を見上げていた。私も大旦那様の隣に立ち、彼と同じ方へと視線を向ける。

とはいえ、彼が見ているものが何なのか、よくわからない。

「お前の開く食事処の武器は、お前の料理の他にも、あの立地であると僕は思っているよ。確かに鬼門中の鬼門である事に変わりは無いのだが、何かきっかけがあれば、あのような場所は隠れ家的な希少価値を持つ。穴場、とか言われる類《たぐ》いのな。じわじわと常連客を付けていけば良い。最初から大成功なんてことは、そうそうないのだし、それはそれで落とし穴にもはまりやすい。こつこつが、一番だ」

「……大旦那様」

「焦らなくて良い。……お前の料理は確かに美味《うま》いのだから、焦らなくて良い」

「………」

その言葉は深く染み渡る。いかに自分が焦りに囚《とら》われていたのか、思い知らされる。

何だか少しだけ泣きそうだ。

「ありがとう大旦那様。やっぱり大旦那様は、凄《すご》い鬼だったのね」

今ばかりは、素直にお礼の言葉が出てきた。

「そんな僕の花嫁になるのは、嫌かな」

「……せっかくの感動を返して」

ここぞと自らのアピールを忘れる事の無い大旦那様。ある意味とても逞しい。

だけど、こう言うあやかしだからこそ、これだけ大きなお宿の大旦那様でいられるのだろう。

大旦那様がみんなに尊敬されている理由は、分からない訳ではない。私だって……

「食器……洗うわ。ここのお台所借りるわね」

使った食器を洗って、棚に仕舞った。後片付けはさほど時間はかからなかった。

「ねえ大旦那様、ちょっとお願いがあるんだけど」

前掛けで手を拭《ふ》きつつ、私は雨景色を見つめ煙管を吹かす大旦那様に寄って行く。

「おや。お前がお願いとは……」

真面目な顔の私に、大旦那様は後からハッとした。

「まだザルに残っている温泉卵……持って帰ってもいいかしら？」

「……分かっていたとも。僕もだんだんと、お前のお願いを察知できるようになってきた様だ。これは進歩だな」

すっと、ザルをこちらによこす大旦那様の、何かを諦《あきら》めたような面持ち。

「わーい。お料理に使おうっと」

「ラムネも持って行くと良いよ。今日に限らず……葵だったら、いつでもここへ来て、好きなだけ卵とラムネを持って行っても良い。僕の花嫁だからね」

「花嫁はまあ置いといて、じゃあ好きな時に取りにくる」

「……ああ」

「ありがとう大旦那様！」

「………………ああ」

これ以上無い満面の笑みでお礼を言ったのに、大旦那様の反応は薄い。

とは言え、瓶のラムネを数本、大旦那様はごそごそと棚から取り出し、重いからと言って持ってくれた。

さあ戻ろう、と大旦那様は傘をさす。

私は卵のザルを抱えて、ほくほく気分で大旦那様の傘に入って、この場所を出た。

また竹林の小道を歩み下る。

しとしと雨が、あじさいを打って溢れる。

「……だがな、葵……」

「ん？」

大旦那様は、ふと何かの続きの様なものを、語る。

「世の中、好機とは意外な所にあったりするものだ」

「……好機？」

「何が起こるか分からないから、商売は面白かったりするのだよ」

水たまりを蹴《け》る。淀んだ雲の隙間から光が差す。

雨が上がる——

その瞬間を待ちわびようと、大旦那様は私を見つめ、意味深に笑いかけたのだった。

その日の夜の事だった。

雨が上がり、少し蒸し暑い。あやかしたちにとっては、まだまだこれからが楽しい時間だと言う夜更けである。

私は明日《あした》の仕込みを終え、大旦那様に貰《もら》った残りの温泉卵を使って、簡単に夕飯を済ましてしまおうと、余りの食材を見ていた。

「そう言えば、豚バラ肉が余っていたわね。豚しゃぶサラダに、温泉卵をのせて食べたら美味《おい》しそう。ゴマだれをかけたら最高よね」

温泉卵、昼間も食べたけどさ。素材の味が一番とか言ったけどさ。

それでもお料理として食べるのも、また一つの楽しみ方よね。

「……ん？」

豚しゃぶサラダを妄想し、心奪われていた時だ。ふと、カウンター越しに見える入り口横の格子窓に、ぼんやり浮かぶ何かの顔を見た。流石《さすが》の私もぎょっとする。

お涼かなと思ったけれど、お涼ならばすぐに入ってくるはず……

「あ、もしかしてカマイタチかな」

お腹を空《す》かせたカマイタチかもと思った。今日が休店日である事を忘れてやってきたのかもしれない。一度外に出てみた。しかし、誰もいない。

おかしいなと思ってもう一度店内に戻ると、やはり外でごそごそ音がするのである。

「だ、だれ？　もしかして、また不審者が……？　いえ、きっと見習いダルマたちね。今度こそ目にものを見せてやるわ」

良い機会だと思い、ニヤリとほくそ笑む。背中に挿していた八つ手の葉の団扇《うちわ》を手に持ち、そろそろと入り口に寄って行って、ゆっくりと戸に手をかけた。

外にダルマたちが居たら、容赦なくこれを扇《あお》いで、ぶっ飛ばしてやる。

そんな物騒な事を本気で考えながら、勢い良く戸を引いたのだった。

「…………え……っ？」

しかし直後に目を見開く。

目前に居たのは、白い能面。無表情に近い、のっぺりとした少々不気味な、人の顔のお面だった。

私は不意な出会いに、あまりの驚きに、そのまま固まる。息すら止まりそうだった。

まさか、このお面は、まさか……

「ああっ、すみませんすみません」

「……え、と」

でも、何だろう。白い能面はとても小柄で、お面以外を見ると獣っぽいフォルムをしているると言うか、ふさふさしておられる。

いきなり戸が開き、鬼気迫る形相で団扇を振り上げている私を見て、ぎょっとしているという様相だ。

そしてハッとする。そのあやかしが、平たいスチールのお弁当箱を持っていた事に。

「え？　あっ、ご、ごめんなさい！　もしかしてあなた、例の、入道坊主の小説家さん？　私てっきり、不審者かと」

「え？　あ、やはりあなたが……お弁当の君です？」

そのあやかしは私の言葉に反応し、ゆっくりと立ち上がり、能面を取り外した。

それは、丸眼鏡をかけたムジナだった。お面の下に眼鏡をかけていた事はあえてつっこまないでおく。

「小生、入道坊主の薄荷坊と申します。明日、ここ天神屋を辞去します。最後でしたので、お礼を言いに来たのです」

「……私、入道坊主って、勝手に大きな坊主のあやかしだと思っていたのだけれど……」

「ああ、それはムジナが人に化けた姿です。ムジナは自分よりよほど大きなものに化ける事ができるのです。主に現世では、昔から大きな坊主に化けて、人間を騙《だま》し生き延びていたらしく、きっとそれの印象です、はい」

「人に……化けるの？」

「はい。入道坊主とは実のところムジナな訳です、はい！」

二足歩行するムジナのあやかし、入道坊主の薄荷坊さんは、甲高い声で説明してくれた。

背丈は私の腰程。手足は黒く、なかなか爪が鋭い。

「………」

動悸《どうき》が止まらない。私はさっきから、薄荷坊さんが持っている白塗りの能面が気になって仕方が無い。

薄荷坊さんはもう片方の手で、私に空のお弁当箱を差し出した。

「美味い弁当だったのです。片手で食べられるのがとても素晴らしい。何と言っても小生、原稿を書いている時、特に締め切りに追われまくる週刊連載であると、正気を保てない事がしばしばありまして、飯すら食べようとしなくなるのです。なので、好きな時間に好きなように摘《つま》んで食べられるのが、何と言っても気に入りました、はい」

お涼の話から、もっと頑固でわがままで、ひねくれ者な小説家だと思っていた。でも思っていた以上に穏やかな雰囲気で、愛らしくもふもふしている。

「良かったわ、喜んでもらえて」

少し心を落ち着かせ、ニコリと微笑みお弁当箱を受け取ると、薄荷坊さんのひくひくと動いていた鼻がぴたっと止まる。そして、恥ずかしそうにもじもじとし始めた。

「お涼さんに聞いていたのですが、あなたはここで食事処を開いている、人間のお嬢さんだと……」

「ええ、そうよ。私は人間。そして、ここは夕がおって言う食事処なの」

「そうですか……人間の……。小生、初めて人間のお嬢さんにお目にかかりました、はい」

物珍しい様子で私の顔をチラチラうかがう薄荷坊さん。

「初めて？　現世《うつしよ》には行った事が無いの？」

「え？　え、ええ勿論《もちろん》。一度は行ってみたいのですが……はいっ」

「……そう」

私は、少しだけこの薄荷坊さんが、かつて私を助けてくれた〝例のあやかし〟なのではないだろうかと期待していたのだが、この態度を見るに、どうやらそれは違うらしい……

そんな時、薄荷坊さんのお腹から、ぐうと音が鳴った。

薄荷坊さんはかあと頬を染めて、両手で顔を覆う。

「お恥ずかしいです。小生、今ばかりはすっかり気が抜けておりまして」

「もしかしてお腹が空いているの？」

「は、はい。最近ではお弁当が楽しみで、お涼さんが持ってくるとすぐ食べてしまう有様でして」

薄荷坊さんは小さく頷《うなず》いた。私もまた、お腹を空かせた目の前のあやかしに妙な焦りを感じ、「あ」と手を合わせる。

「そう言えば、天神屋自慢の美味しい温泉卵があるのだけれど、薄荷坊さん、豚しゃぶサラダって食べて行かない？　あ、でもお忙しいのかしら。原稿の締め切りとか……」

「それは大丈夫です。原稿はもうほとんどできているのです、はい！」

薄荷坊さんは慌てたのか、少しじたばたして言った。

「しかし良いのです？　今日はお休みとの札が、表に。小生、お財布も持って来ておりませんし、はい」

「そんな事は気にしなくて良いのよ。ちょうど私も、夜食を食べようと思っていたところなの。これはただの、ご馳走《ちそう》したいという私のわがままよ」

遠慮がちな薄荷坊さんの背を、さあさあと押した。カウンターに座ってもらうと、薄荷坊さんはキョロキョロと周囲を観察しながら、どこからともなく小さな手帳らしきものと鉛筆を取り出した。

お茶とおしぼりを持って行って、その手帳を覗《のぞ》き込むと、小さな文字でびっしり何かが書き込まれていて、こちらとしてはきょとんとしてしまう。

「もしかして、小説の為の……？」

「何がネタとして使えるか分からないので、面白いと思った事はすぐメモを取っています、はい」

「ここには面白いものがあるの？　ただのボロい離れよ」

「勿論！　そもそも、老舗《しにせ》の宿屋のこんな隠れた場所で、人間のお嬢さんが食事処を営んでいると言うだけで、小生からしたら最高のネタ……いえ、ごほんごほん。失敬」

出したばかりのお茶を飲んで、何やら興奮していた薄荷坊さんは少し落ち着いた。

よくわからないけれど、賑《にぎ》やかな本館とは違ってこんなに寂れた場所でも、小説家をしている薄荷坊さんには面白いものがあるらしい。

「じゃあ、少し待っていて」

私は厨房《ちゅうぼう》へと戻り、さっそく二人前の豚しゃぶサラダの調理に取りかかる。

これは本当に、簡単な料理だ。

お湯を沸かしている間に、薄切りの豚バラ肉には片栗粉をまぶしておくのが良い。沸騰したお湯でその豚バラ肉をさっとゆがいて、ザルにとって冷ます。

レタスの葉はちぎって、妖都切子の涼しげな鉢に盛る。きゅうり、水菜、トマトなどの野菜も、好みの具合でカットし、彩りを意識しながら盛る。

その上に、冷ましておいた豚バラ肉を円を描くようにのせて、真ん中の窪《くぼ》みに、お楽しみの温泉卵をぽとんと落とす。

味付けは、作り置きしていたゴマだれ。

これで、出来上がり。少し蒸し暑い夜にはぴったりの、さわやかな一品だ。

「はい、お待たせ！　温泉卵のせ豚しゃぶサラダよ」

略しがちな名前。正しくは、温泉卵をのせた豚バラ肉の冷製しゃぶしゃぶサラダ、だ。

私は大きな鉢を二つ、カウンター席のテーブルに置いた。

薄荷坊さんは目の前の料理が珍しいのか、上からも横からも見て、また鼻をひくひくさせた。

「珍しいの？　こういうの、あまり食べた事が無い？」

「豚のしゃぶしゃぶは食べます。生野菜盛りも食べます。温泉卵も食べます。でも、それを合わせたこの料理を食べた事はありません、はい」

「あはは。まあ、ずぼら料理だからね。でも現世では結構メジャーと言うか、人気な料理なんだから。夏は特に、さっぱりと食べられるからね」

会話をしながら気がついた事なのだけど、隠世《かくりょ》にはそれぞれの料理の存在はあったとしても、組み合わせ次第で、目新しいものだったりするらしい。

薄荷坊さんの隣に座って、私も一緒に豚しゃぶサラダを食べる。薄荷坊さんはその爪の長い手で、器用にお箸《はし》を持っていた。何だか不思議だ。

シャキシャキと、新鮮な野菜を食べている、その音が好きだ。

温泉卵のとろみをサラダや豚しゃぶ、ゴマだれと合わせながら、一緒に食べるのが醍醐《だいご》味《み》よね。野菜の良い歯ごたえの中に、豚バラ肉の甘み、温泉卵のまろやかなコクが混ざり合う。ゴマだれの味付けが、やっぱり王道で美味《おい》しい。

「これは……これは良いものです。小生、野菜不足になりがちですから、やはり生の野菜は体に染み渡るのです。豚のしゃぶしゃぶや温泉卵が、生野菜とこんなに合うなんて知らなかったのです、はい」

「なかなかボリュームがあるでしょう？　これで、素敵なメインのお料理になるのよ。作り方も簡単だし、お肉と野菜が一緒に食べられるし」

「このゴマだれがまた卑怯《ひきょう》な味です。甘めで、風味が良くて。鬼門温泉の温泉卵を食べたい時にも、一石二鳥なのです。贅沢《ぜいたく》なのです、はい」

「ああ、そっか。ここの温泉卵を食べたいって言うお客さんは、多そうだものね」

前に銀天街《ぎんてんがい》へ赴いた時、大旦那《おおだんな》様や銀次さんも、その土地の名物や特産品をメニューに加えると良いと言っていた。わざわざそれを食べに、この地へやってくる客がいるのだから、と。

こんなに簡単な料理だけれど、夏場は夕がおで出してみても良いかも。天神屋の温泉卵を使った料理だから、お品書きでのインパクトはある気がする。

鬼門温泉卵のせ贅沢豚しゃぶサラダ膳《ぜん》、はじめました。みたいな。

うーん、ちょっと長過ぎるネーミングかな……

「そういえば薄荷坊さん。いつも小説の原稿を、ここ天神屋に籠《こも》って書いていると聞いているのだけど、それはどうして？　天神屋の傍に住んでいるの？」

「いえ。小生、妖都に住居を構えております。天神屋へ来るのは、願掛けのようなものです、はい」

願掛け？　天神屋へ来る事が願掛けとは、いったいどういう事だろうか。

「小生、生まれつき体が弱く、幼い頃から天神屋へ、温泉へ入りに来ていたのです。ええ、療養の為に、です」

薄荷坊さんは自らの事情を、少しずつ語り始めた。

「なので天神屋の大旦那様との付き合いも長く、幼い頃から大変お世話になっておりました。強く、気高く、あやかしの中のあやかし。鬼の中の鬼。はい、憧《あこが》れでした。故に、デビュー作の主人公のモデルは、こちらの大旦那様だったりしたのです」

「へえええ。それはびっくりだわ」

思わず食べる手を止めた。大旦那様がモデルの本って、どんな物語なんだろう。

確かに大旦那様は、物語に出てきそうな要素が色々と揃っているとは思うけれど。

「そのデビュー作のおかげで、今の小生があります。原稿を書く時は、集中するため家を出て、あちこちのお宿に引きこもるのですが……それでも、辛《つら》い時や原稿が進まない時、スランプに陥った時は、必ずここへ来ます。原点回帰と言うやつです、はい」

薄荷坊さんはすっかり食べてしまって、お箸を置いて、ちびちびとお茶を飲んだ。

時折顔を上げて、遠くを見つめている。

「天神屋にいると落ち着くと言いますか……原稿も進むと言いますか。最終的にはなんとかなるもんでして。言ってしまえば、天神屋のおかげで、今でも文章を書き続けられているのです。今回だって、素敵なお弁当や……素敵な出会いがありました、はい」

薄荷坊さんはじっと私を見上げた。

その表情はどこまでも穏やかで、ひくひく動く長い鼻や髭《ひげ》が、やっぱり可愛い。

「ふふ。お弁当、気に入ってもらえたみたいで良かった。毎日頭をひねって、アイディアを絞り出して作っていたのよ」

「何か、お礼は出来ないでしょうか？　小生、この通りただの物書きですが、救われたご恩はきっちり返す性分です、はい」

「救われたって……あはは、大げさなんだから」

とは言え、薄荷坊さんの表情は真剣だった。

「じゃあ……薄荷坊さんのそのお面、見せてくれない？」

「え？　これ、です？」

薄荷坊さんは予想外なお願い事に困惑していた。しかし、すぐに隣の席に置いていた白い能面を持って、こちらに手渡してくれる。

「…………」

手に持つととても軽く、表面がすべすべしている。やはり、見れば見るほど、そのお面は私の記憶の中にある、あのあやかしの白いお面と似ていた。

すっと静寂の中にあるような、淡白な造形。無駄の無い、無表情の人の顔をした能面。恐ろしくもある。〝あの時〟見たものと、同じ印象を受けるものだ。

「見せるだけで良いのです？　もし気に入ったのでしたら、それ、差し上げます、はい」

「い、いいわ。貰《もら》うなんて悪いもの」

「遠慮なさらず。それは南の地で買ったものですから、はい」

「……南の地……で？　あの、良かったらその事、もう少し詳しく教えてちょうだい」

飛び込んできたその情報に、私は食いつかずにはいられなかった。

「私、このお面と似たものをつけたあやかしに、現世で救われた事があって……その、捜しているの」

真面目な表情の私に、薄荷坊さんは丸眼鏡の奥の瞳《ひとみ》をぱちぱちと瞬《しばたた》かせる。

しかしすぐに、私にお面の説明をしてくれた。

「そのお面は、南の地の土産屋で買ったものです、はい。南の地では、その手のお面が主流なのです、はい」

「……そうなの？」

「ええ。もしかしたら、あなたの捜すあやかしは、南の地の方だったのかもしれませんね」

「…………」

「とは言え、すぐに見つけ出すのは少し難しいでしょう。何しろ、その手のお面は沢山売られておりますし、南の地も鬼門の地に負けず劣らず観光地です。沢山のお客が、そのお面を買って帰りますからね……」

「……そう」

私はあからさまに、視線を落としてしまった。

そうか。このお面は量産もので、沢山のあやかしが持っているのね。

「何だかごめんなさい。変な事を聞いたわね」

「いえ。そんな事はありませんです、はい」

私はお面を、薄荷坊さんに返した。薄荷坊さんはひくひくと鼻先を動かし、お面を受け取る。

そして、少し頬を染め、躊躇《ためら》いがちに尋ねた。

「あの、よろしければ、あなたのお名前をお聞きしてもよろしいですか？　お弁当の君」

「え、私？　あら、まだ名乗ってなかったかしら。ごめんなさい、私、津場木《つばき》葵と言うの」

「…………津場木？」

ピタ……薄荷坊さんのひくひく動いていた鼻が、微動だにしなくなった。まるで、時間すらも止まったかのように。

しかし今度は全身をガクガク震わせて、薄荷坊さんは何やら落ち着きが無くなる。

「びやあああっ」

「え、え？」

「きたああああああああ！」

びっくりした。びっくりした。

薄荷坊さんがいきなり、金切り声を上げたからだ。

「薄荷坊さん、どうしたの⁉」

「いやはや、そうだったのですね。あなたがあの、津場木史郎《しろう》のお孫様！　そして、あの、大旦那様の許嫁《いいなずけ》である、天神屋の〝鬼嫁〟！」

「……え、えっとそれは……」

「津場木史郎と言えば、一時期の小説界では必ずと言っていい程、彼をモデルとした人間がいたものですよ！　いわば名悪役！　ダークヒーロー！」

「え……悪役？　ダーク……え？」

「そんな津場木史郎の孫娘が、今度は好敵手であった天神屋の大旦那様の花嫁とは、何と数奇な運命かっ！　これはこれは、滾《たぎ》る。そそる！　導かれる‼」

「…………」

「こうしちゃおれない！　閃《ひらめ》いた、閃いた‼　原稿、ああ原稿、原稿が小生を呼んでいる……っ。次回作はもうそこまできている」

もうさっきまでの穏やかな様子をすっかり失って、薄荷坊さんはハイテンション極まる様子で白い能面を投げ捨て、カウンターの椅子から飛び降りる。

一度夕がおの店内をタカタカ走り回ってから、夜の中庭へと飛び出して行った。

「…………え」

目が点とは、まさにこの事。何が起こったのやら、私にはさっぱり分かりません。

どんなあやかしにも一風変わった所はあるけれど、あやかし慣れした私にも、今の事態にはぽかんとしてしまっている。

思うに、薄荷坊さんはどうやらその小説家としての性《さが》に衝《つ》き動かされ、原稿に呼ばれてしまった様だ。

「うーん、おじいちゃんが名悪役？　分からなくも無いけれど、何だかな」

というか、おじいちゃんと大旦那様って、好敵手だったの？

それとも、二人をモデルにしたそういう小説が多いって話？

分からない。でもちょっと読んでみたいかも。

「あーもう……うるさいのでしゅー」

「あ、チビ。起きちゃった？」

「ひどい奇声を聞いたでしゅ。おかげで葵しゃんに三枚におろされて食べられる悪夢を見たでしゅ。目がさめたのでしゅ」

手鞠河童《てまりかっぱ》のチビが、奥の間からごそごそと出てきた。ねぼけているのか、ふらふらとしてこてんと倒れる。

「まあ、確かにちょっとびっくりしたわよね。……って、何で私が悪者の夢なのよ！」

「くー……くー……」

「あんた、寝たふりしたってダメだからね。好物の河童巻からきゅうりを抜くわよ」

「それは由々しき事態でしゅ」

転がっていたチビはすっと起き上がった。やはり寝たふりだったか。

私はため息をつきつつ、放り出された白い能面を拾い上げ、また夕がおの外に出た。

正気を取り戻し、戻ってくるかと思っていたけれど、薄荷坊さんがこの日、夕がおへ戻ってくる事は無かった。

翌日、気になってお涼に尋ねたところ、薄荷坊さんはどうやらチェックアウトを終え、天神屋から妖都へと帰ってしまったらしい。白い能面を、すっかり夕がおに忘れて。

だけど彼の名を再び聞く日は、そう遠く無かったりするのである。

第五話　座敷童の迷子

厨房《ちゅうぼう》が、甘い匂いで満ちていた。

「茹《ゆ》でたあずきの甘い匂いはたまりませんね」

「これだけあれば、あずきのお菓子やお料理はたくさん作れそうだわ」

隣に立つ銀次《ぎんじ》さんに「何がいいかしら」と尋ねた。

青年姿で、着物にたすきがけしている銀次さんは、顎《あご》に手を当て少し考え込む。

夕がおのお客は少し増えてきたと言っても、満員御礼にはほど遠い。

腐っていても仕方が無いからと、銀次さんと一緒に、よりあやかしたちを引きつける甘味のメニューを考えていたところだ。

「甘く煮たあずきはなんといってもあやかしたちの好物ですから、どんなお菓子やお料理も受けはいいのですが……あずきや餡子《あんこ》を使ったお菓子なら銀天街《ぎんてんがい》の星ヶ枝餅もありますし、今から需要があるのは、冷菓や氷菓でしょうね。これから暑くなるばかりですから」

「なるほどね。確かに」

夏は冷たいお菓子が食べたくなるのは、人間もあやかしもそうみたいだ。

特にあやかしは甘いものが大好きなので、夏用の甘味メニューの強化は必須《ひっす》と言える。

「それなら、水羊羹《みずようかん》や冷やしぜんざいはどうかしら」

「あ、いいですねえ。私もぜんざいが好きなんですよ。あとは……あんみつなんかも良いかもしれません。以前、現世《うつしよ》に行った時に食べたクリームあんみつは最高でした。隠世《かくりよ》にもあんみつはありますが、クリームあんみつはそんなに知られておりません」

「へえ。ならクリームあんみつは良さそうね。寒天は涼しげだし、果物や求肥《ぎゅうひ》も入れられるし。それに私、餡子とホイップクリーム、餡子とアイスクリームの組み合わせって大好き。黄金コンビだと思ってるわ」

それは、和と洋の代表的な甘味が海を越えて出会ってしまった奇跡的な味……

ほうっと惚《ほう》けていたら、銀次さんがいきなり「すばらしい！」と手を叩《たた》く。

「ならその手のお菓子を推していきましょう……餡子×クリーム……これはいける、これは流行《はや》る……」

何がいけるのか、何が流行るのか。銀次さんはお仕事モードに火がついて、少々怖いくらいな勢いで、どこからか取り出した手帳に必要な食材や予算などを書き込んでいた。

でも確かに、現世ではもうすっかりおなじみのクリームと餡子の組み合わせって、こちらあやかしの世界ではそんなに知られていないのよね。

以前、薄荷坊《はっかぼう》さんに温泉卵のせ豚しゃぶサラダを振る舞った時にも思ったのだけれど、それぞれの食べ物が存在していたとしても、組み合わせ次第で隠世では新しい食べ物になってしまう事があるらしい。

とは言え、隠世のあやかしたちも、現代現世の日本で生まれる文化や、お料理、お菓子に興味を持ち始めている。隠世と現世の行き来に制限があっても、境界の岩戸《いわど》を越えるため、多額の通行札を買ってあちらとこちらを行き来する商人は多い。おかげで、すでに取り込まれた、独自の発展をとげた料理やお菓子もある。

私は食材を並べている台の上に視線を向けた。餡子×クリームのお菓子を作るにしても、ホイップクリーム、またアイスクリームを作るための生クリームがここにはない。牛乳はあるんだけど……

「ねえ銀次さん。隠世に生クリームってあるの？」

尋ねると、銀次さんは一度その銀の毛並みを持つ耳を動かした。

「……一応ありますね。ただ食される文化があまり無いので、どこにでも売っている訳ではありません。酪農家の牧場から、直接仕入れることになりそうですね」

「そっか……なら少し難しいかしら」

「いえ、そんなことはありません。天神屋《てんじんや》はお風呂上《ふろあ》がりに人気の美味《おい》しいビン牛乳を、牛鬼の営む牧場から直接仕入れていますから、生クリームも交渉次第では安く仕入れることができるでしょう。問題は無いと思います」

「へえ、牛鬼が牧場を営んでいるんだ」

生クリームや牛乳のことより、やはりそっちが気になってしまった。

牛鬼とは、牛の頭に鬼の体を持つ、残忍かつ獰猛《どうもう》なあやかしだと祖父に聞いたことがあったから、乳製品を作る姿は想像できない。

それでも隠世のあやかしたちは、皆日々の生活のためにせっせと働いているのよね。

「確かに、銀次さんがいつも用意してくれる牛乳はとても美味しいわ。これも、その牛鬼の牧場の牛乳？」

目の前の台の一番奥に置かれている、大瓶の牛乳を持ち上げた。

今までも何度か料理で使用し、勝手に試飲してきたものだ。

「ええ。お風呂上がりにはたまらない、お客様にも好評な牛乳なのです。種類も豊富で〝果実牛乳〟、〝抹茶牛乳〟などがあります」

「……珈琲《コーヒー》牛乳は無いんだ」

「珈琲もまた、隠世では知名度の低い嗜好《しこう》品なのです」

温泉宿に珈琲牛乳が無いのは何だかいただけない気がするけど、果実牛乳はきっとフルーツ牛乳のことよね……

目を丸くしている私に、銀次さんはクスクスと笑ってその銀の尾を振った。

「では、私はさっそく牧場の方に問い合わせてみますね。ちょっと行ってきます」

「よろしく、銀次さん」

銀次さんのフットワークは軽い。さっそく本館へと戻ってしまった。

「さてと、私はこのあずきをどうにかしなくてはね」

そろそろ冷め始めた茹であずきと、目の前の食材を交互に見て、とりあえず何か作ってみようと考えている。

冷菓……あずき……牛乳……

ふと、幼いころ祖父がよく作ってくれた、簡単なお菓子を思いついたのだった。

「そうだ。あずきミルク寒天を作りましょう！　食事処のメニューになるかはわからないけれど、何かヒントが得られるかもしれないわ」

ポンと手を打った後、すぐに調理に取りかかった。

牛乳寒天、またミルク寒天と呼ばれる寒天菓子は、簡単に作ることのできる家庭の素朴なお菓子だ。最近ではコンビニでも売っている。三つで１５０円ほどのあれ。

あずきミルク寒天とは、文字通り、そのミルク寒天にあずきを混ぜて一緒に固めたもので、作り方も本当に簡単だ。

鍋《なべ》に水と粉寒天を入れて火にかけて、沸騰したところで弱火にして寒天を溶かす。

寒天が完全に溶けたら、今度は牛乳を加えよく混ぜ、甘く煮たゆであずきを入れて、また混ぜる。これを固めるポイントは、鍋を火から離し、少し冷ましてとろりとしたところで、器に流し込むこと。こうすることで、あずきが下に沈んだまま、固まったりしない。

今回は、これを鉄製の平たい箱に全部流し込んで、氷柱女《つらら》の氷を敷き詰めた冷蔵庫で冷やすことにした。

「ふう……銀次さんが戻ってくる頃には出来上がっているかしら。美味しく出来ていたら、一度食べてもらいたいけれど」

さて、残ったゆであずきで餡子でも作ろうか、ぜんざいでも作ろうかと思って、あれこれ手を動かしていた時だ。

ふいに、ここ食事処の離れの戸を開く音が聞こえた。

銀次さんが戻ってきたのかしら。それにしても早いわね。

そう思ったけれど、厨房にも来ないし声をかけられるわけでもない。

リンと、鈴のような音が小さく鳴った気がしたので、不思議に思って店先に出てみた。

「あら……」

すると、ちょうど入り口を少し入ったあたりに、愛らしい蝶《ちょう》模様の振袖《ふりそで》を纏《まと》った十歳前後の見た目をした少女が、胸元で手毬《てまり》を抱えて立っていた。

金髪のおかっぱ頭で、瞳《ひとみ》は紫水晶のような澄んだ紫色をしている。真っ白な肌はまさにミルクの様で、唇は小さく濃い紅がさされている。上品な出《い》で立ちは、私の知る子供とは違う厳かな雰囲気を醸し出している。

まるで外国人のようだと思ったが、隠世のあやかしたちはあやかしであるが故に、様々な容貌《ようぼう》をしているため、このような見た目の子供のあやかしがいてもおかしくはない。

「どうしたの？　もしかして、迷子？」

「…………」

その子供は無口で、手毬を抱えたまま、じっと私を見上げている。

「困ったわね。天神屋の敷地内に居るということは、お客様だと思うけれど……」

離れを出て中庭をキョロキョロ見渡してみたが、この子の親らしき者はいない。

とりあえずフロントに連れて行けばいいのかしら。

おろおろしてしまっていた時、おかっぱの女の子が私の抹茶色の着物の袖《そで》を引っ張った。

「あずきの匂い……茹でたあずきの甘い匂い……」

「ん？　もしかして、お腹が空《す》いているの？」

「違う。ただあずきが食べたい」

少女はふるふると首を横に振り、鈴のような可愛らしい声で、ただあずきが食べたいと言う。もしかしてこの子は、甘く茹でたあずきの匂いに誘われてここまで来てしまったのかしら。そんなこと、初めて言われた。

「だったら少し待っていて。ちょうど、あずきの冷たいお菓子を作っていたの。それとも、ただの甘いゆであずきだけで良い？」

「……なら、冷たいお菓子の方を」

私が案内する前に、その少女は下駄を脱ぎ座敷席に上がって、座布団の上にちょこんと正座する。そして、持っていた手毬をまるでお手玉のようにポンポンとして、遊び始めた。

その度に、手毬の中の鈴の音が鳴る。

「私、葵《あおい》というの。あなた、お名前は？」

「…………」

「聞いてないわね」

名を尋ねても答えてもらえなかったので、私はいそいそと厨房に戻る。

寒天を冷やし始めてから30分は経ったかしら。氷柱女の氷を使った冷蔵庫はすぐに冷えてくれるので、もう固まっているだろう。

鉄製の平たい箱を冷蔵庫から取り出して、表面を木べらで押してみる。弾力があって、よく固まっているのがわかる。思わずニヤリと口角を上げた。

あずきのせいで、ほんのりと紫色に染まったミルク寒天。ところどころにあずきの粒が見え隠れしている。これをお豆腐のように角切りにして、あずきがたくさん見える面を表にして、涼しげな妖都切子の平皿に盛る。あずきのせいで切り口がボコボコとしていて、洗練された美しい形とは言い難い。四角い豆大福のような印象だ。

「……うん、でも美味しい」

切れっぱしを掬《すく》って食べてみた。砂糖で煮たあずきだけで甘みをつけているから、さっぱりとしていて後味が良い。だけど濃厚な牛乳の風味が、あずきとよく合う。

このぼこぼことした不安定な形も、家庭のお菓子らしいというか、懐かしく素朴な味のするあずきのミルク寒天らしいというか。

きな粉と黒蜜《くろみつ》を少し垂らして、少し贅沢《ぜいたく》に仕上げてみた。

これを、急ぎあの少女の元へと持って行ったのだった。

「……これは？」

少女は見慣れないあずきのお菓子をまじまじと見つめた。

「あずきミルク寒天よ。隠世では牛乳を寒天で固めたりはしないのかもしれないけれど。食べてみて」

パチパチと二度瞬《まばた》きした後、少女は木の匙《さじ》を持ち寒天に切れ目を入れて、掬って食べる要領でそれを口にした。表情はあまり変わらないが、咀嚼《そしゃく》する口元に小さな手を当てて、またじっとその冷菓を見つめている。

「……羊羹に似ているのかと思ったけど……そうでもない……でもいつも食べる寒天の味とも違う」

「ど……どうかしら」

「おいしい……！」

少女はこちらを見上げた。真っ白だった頬が、ほんのりと赤らんでいて、瞳は少しばかり潤んでいる。

驚きのような、喜びのような感情がこちらに伝わり、思わずほっと胸を撫《な》で下ろした。

「牛乳を寒天で固めたお菓子は初めて食べた。素朴で優しい甘みがあって、しかもあずきとよく合っている」

今までは控えめな口調だった少女が、迷うことなく言葉を並べた。また、もくもくとあずきミルク寒天を食べ続ける。

少女を取り巻く雰囲気も、何だか少し変化した気がする。

今までは頼りなげでミステリアスな子供だったのが、いきなり頼もしい大人になったようだ。ただ、厳かな品はあるのに一心不乱にお菓子を食べている姿は、やっぱり子供だなと思ったり……

私は持ってきていた急須《きゅうす》から、湯飲みにお茶を淹《い》れ、その少女に差し出した。

「乳製品とあずきって、実はとても合うの。でも隠世《かくりよ》ではあまり知られていないみたいね。アイスクリームも、そんなに食べられている訳ではないみたいだし」

以前、豆腐アイスを作った事を思い出していた。

とは言えあれは、スタンダードなアイスクリームとは言いがたい。

「隠世では、〝ばにら〟のアイスクリームが、やっと流行し始めたばかりだ」

「あら。あなたバニラのアイスクリームを食べたことがあるの？」

「一度だけ。しかしあれは高級品だ。庶民にはまだ行き渡っていない……」

すっと目を細める少女。やはり、どこか大人びた雰囲気がある。

「現世《うつしよ》では、バニラのアイスクリームはワンカップ120円くらいで売ってるんだけどな……やっぱり、現世と隠世では流通しているものも、その相場も、かなり違ってくるのね」

熱いお茶を啜《すす》っていた少女は私の言葉に反応し、ちらりとこちらを見た。

「お前は……隠世のあやかしではないな。人間か？」

「ええ。私はただの人間。現世から鬼に連れてこられちゃったの」

「……なぜ？」

「なぜ……えーと……話せば長くなるんだけど、私のおじいちゃんがとんでもないろくでなしで、昔ここ天神屋の大旦那《おおだんな》様に大きな借金をしてしまったの。おじいちゃんは借金を返さずに死んじゃったから、代わりに私がここで食事処を開いて働いて、借金を返すことになったって訳」

「……借金を？」

「本当は、鬼の大旦那様に嫁げば、こんな場所で食事処を営まなくてもいいのだけれど……私がそれを拒否してしまったからね」

「なぜ？　なぜ嫁がない？　天神屋の大旦那と言えば、鬼の中でも格の高い鬼神で有名だ。隠世でも名のある大妖怪《ようかい》。縁談も絶えないと聞くが？　それとも、ここの大旦那がそんなに気に入らないのか？」

探る様な視線を私に向け、質問攻めの少女。その勢いに圧《お》され、思わずのけぞる。

「気に入らない……というか……」

よくよく考えてみる。なぜなのか、と。

そりゃあ、借金のかたとして嫁ぐ事に対する憤りもあるし、大旦那様は何を考えているのか分からない胡散臭《うさんくさ》い所とかあれだし、そもそも鬼と人間だし、問題は沢山あると思うのだけど……

でも、大旦那様が気に入らないというのも違う気がして、ちょっとだけ言葉に詰まった。

なんだかんだと言って、沢山お世話になっているから。

「うーん……いくら大旦那様が地位も名誉も持っている大妖怪でも、一方的に借金のかたに結婚しろと言われて、はいはいと聞く訳にはいかないじゃない」

「…………」

「そうね、多分私は、何も知らないうちに、状況に流されるのが嫌なんだわ」

自分で言葉にして、自分でも納得したりする。

私はまだ大旦那様の事を何も知らないし、そんな状態で嫁ぐ程、私はあやかしを信用してはいない。うん、これだ。

しかし……なんでこんな話を、まだ幼いお嬢ちゃんを前にしているのか。

こんな幼い少女でも大旦那様の事を知っているのね。大旦那様は本当に有名だ。

少女は私の説明で納得したのかは分からないが、その手の質問はもうしなかった。ただ、キョロキョロと店内を見渡し、眉間《みけん》にしわを寄せている。

「古くなったものだ。まるで物置じゃないか……」

少女の物言いは、何だか不思議だ。ここへ来た事があるのだろうか。

「でも古民家みたいで、情緒があって素敵な場所でしょう？」

「ここは食事処なのか？　見た所、客はいないようだが」

「ふふ。まだ準備中の時間だもの。夕方から開くお店だから、夕がおっていうのよ」

「夕がお……」

店の名を、少女は囁《ささや》く。格子窓から入る昼下がりの陽光が、伏し目がちな目元のまつげにかかって、影を作った。

「少し早いけれど、今は夏に出す冷菓を考えていたところ。だから、このあずきミルク寒天は試作品なの」

この少女に、あずきミルク寒天は好評の様だったから、もしかしたらメニューに加えられるかも。あとで銀次さんに相談しよう。

「……こんな場所に、客は来るのか？　本館からかなり離れた場所にある様だが」

ただ、少女の漏らした本音はなかなか手厳しい。

あまりに正直に言われたから、私は瞬きをした後、困り顔で笑う。

「そうねえ、ここに辿《たど》り着くのって、なかなか大変よね。確かにお客が殺到する、大人気の食事処とは言いがたいわ」

「…………」

「でも、少しずつだけどお客が増えて来たのよ。最近は、天神屋の従業員もよく来てくれるの。常連さんも何人かついてくれたし、今は焦らず、良いメニューを揃えていけたらなと思っているの。そう……まだこれからよ！」

何の根拠も無い、前向きな言葉を自分自身に言い聞かせ、ぐっと握り拳《こぶし》を掲げる私。

そんな私のどこが物珍しいのか、少女は紫水晶の様な瞳《ひとみ》をこちらに向け続けていた。

「ん？　顔に何かついてる？」

少女はふるふると首を振って、傍に置いていた手毬《てまり》を持って、こちらに差し出す。

「これをやろう。礼だ。実にうまいあずき菓子であった」

「え、いいの？　これ、あなたのおもちゃなんでしょう？」

慌てると、その少女はゆっくりと首を振って、ぐっと私に顔を近づける。

まだ幼い少女であるはずなのに、この子に真正面から見つめられると、何だか畏《かしこ》まってしまう。金縛りにでもあったかのように体が硬直し、瞬きすらできなかったのだから。

「また食べにくるよ、葵」

小さな唇に弧を描き、鈴のような声音で囁いた。

少女の瞳の奥で、黄金に輝く花模様を見た気がする。

少女の言葉はまるで言霊のように私の意識を手毬に向けさせ、私はそれを無意識に受け取ってしまった。

ハッとして顔を上げた時には、もうその少女はこの食事処からいなくなっていた。

「…………」

昼下がりの、天神屋開店前の、温かくて静かな時間帯。

誰もいなくなった店内では、カチカチと古時計の鳴る音だけが響き、土壁の匂いと、甘いゆであずきの匂いだけが漂っている。

目がチカチカするのはなぜだろう。

日差しの差し込む、明るい場所に漂う埃《ほこり》が、何だか金粉みたい。

自分の手のひらの上にある手毬を見てみると、幾何学模様が金色の糸で刺繍《ししゅう》されていて、まるであの少女の瞳の奥で見た、金色の花模様のようだと思った。

サラサラと絹糸のように流れていく、少女の金髪のようにも……

「葵さん、葵さん、交渉成立しました！」

銀次さんが本館から戻ってきて、勢い良く戸を開いた。

「牛鬼牧場が生クリームをうちに売ってくれるようです。これでホイップクリームもアイスクリームもバターも作れますよ！」

「……はあ」

「あれ、葵さんの反応が薄い……どうかしましたか？　心ここに在らずですけど」

しかし私がぼけっとしてしまっている。銀次さんに目の前で手を振られて、やっと意識が現実に戻ってきた。

「ごめんなさい。すっかりぼんやりとしてしまっていたわ」

「まさか、遅れてやってきた五月病ですか？」

「ち、違うわよ」

私は慌てて否定した。隠世にも、五月病ってあるらしい。

「さっき不思議なおかっぱの女の子がここへ来ていたの。でも、いつの間にか居なくなっちゃった……」

「おかっぱの少女？」

この天神屋のお客には違いないのだろうけれど、親の元へちゃんと帰ったのだろうか。

銀次さんは最初こそ状況が理解できていなかったようだが、私の持つ手毬を見て、見覚えがあるのか眉《まゆ》をぴくりと動かした。

「もしかして……その少女というのは座敷童《わらし》かもしれませんね」

「座敷童？」

「ええ。隠世でも神出鬼没の希少なあやかしで、おかっぱ頭の少女の姿をしております。あずきご飯が好物です」

「うそ。あずきご飯が好きだったの？　ミルク寒天のお菓子をあげちゃった！」

そう言えば、あずきの匂いに引き寄せられたと言っていた。不思議な事を言うと思っていたけれど、座敷童だったからなのね。正解はあずきご飯だったみたいだけれど。

「いえ、それで良かったんじゃないでしょうか？　……しかし、座敷童ですか。それはとてもお菓子を気に入ったということでしょうから。手毬をくれたということは、葵さんのついていますよ……座敷童の加護は何物にも代えがたい商売繁盛のご利益ですから。お墨付きということで、ここは繁盛するでしょう！」

「……う、胃痛が」

銀次さんの言葉は少々プレッシャーだったけれど、なんだか手毬の金色模様を見ていると、気持ちも胃痛もほぐれた。

「座敷童が認めたお菓子なら、メニューに加えるべきですね。早速ですが、私もいただけますか？」

「ええ。……もちろん」

まだどこか夢見心地であったが、私は厨房《ちゅうぼう》へと戻った。

しかし、ふと、先ほどの少女について思い出す事があった。

「そう言えばあの子、〝金髪〟のおかっぱだったけれど……金髪の座敷童なんているのね」

座敷童といえば、黒髪のおかっぱのイメージだった。後ほど銀次さんに確認してみようと思ったものの、素朴な疑問だったせいですぐに忘れてしまった。

のちにこのあずきミルク寒天は、上に金箔《きんぱく》を散らして〝金時みるく寒天〟という名前で、メニューに加えられることになる。

第六話　白沢のお帳場長

いったい何があったというのだろう。

六月最後の月曜日が、全ての事の始まりだ。

端的に言えば、突然、夕がおにお客が増えたのだった。

ちょっと増えたどころの話では無い。満員だ。満員になってしまったのだ。

そのせいで、揃えていた食材がすぐに底を突き、この日は閉店が早まってしまったという事態である。

何かがおかしい。この日が特別、込んでいただけかもしれない。

そう思ったけれど、翌日以降も常に満員御礼で、私と銀次《ぎんじ》さんだけではお店を回すのも大変だったので、特例で春日《かすが》にこちらに来てもらうように手配してもらいなんとかこなした。

天神屋《てんじんや》は宿泊をしなくとも温泉や食事の出来る施設があるため、わざわざこの夕がおだけのためにやって来たのだと言っているお客もいた。この日もまた、お店が始まって3時間もせずに、閉店と言う事態に陥ってしまった。

理由はすぐに分かった。妖都新聞の、コラム欄が原因だ。

約二週間前、入道坊主の薄荷坊《はっかぼう》さんというあやかしが天神屋に泊まっていた。薄荷坊さんは丸眼鏡をつけたムジナという容姿をしていたが、実は妖都の人気小説家で、毎週妖都新聞にコラムの連載をしていたらしいのだった。

私は薄荷坊さんがどのような執筆のお仕事をしているのか、詳しくは知らなかった。

しかし人気小説家というだけあって、新聞に載せる毎週のコラムもまた、薄荷坊さんのお仕事の一つであったのだった。

コラムは主に、薄荷坊さんが気になる事をネタに、毎週のごとく書いていたものだったのだが、今週はとある宿の手づかみお弁当の話だった様だ。最後にこんな文章があった。

『〜〜〜。さて、天神屋の麗しい鬼嫁殿。貴女《あなた》がこれを目にする事があるかはわかりませんが、先日は挨拶《あいさつ》も出来ずに帰宅してしまい申し訳ありませんでした。現世《うつしよ》の美味《おい》しいお料理や、お弁当をご馳走《ちそう》になり、文章が行き詰まっている時に沢山救っていただいたのに、ちょっと興奮して気を取り乱してしまいました。近々、天神屋の離れにありますお食事処「夕がお」へと、今度はお客としてご挨拶にうかがいます。また美味しいご飯をご馳走になりたいものです』

流石《さすが》は、新聞に毎週コラムを載せる、影響力のある人気作家。

薄荷坊さんのコラムは、やはり愛読者が多くいたようだ。

おかげで天神屋に、大旦那《おおだんな》様の許嫁《いいなずけ》であり、一時期話題となった例の鬼嫁が、現世の料理を用いて食事処を開いているのだと知れ渡った。

そのため、いきなりあやかしが押し寄せる形となったのだ。


「はあ……死ぬ」

満員御礼三日目の店じまい後、私は後片付けもまだだというのに、カウンターに突っ伏してのびていた。

「お疲れさまです、葵《あおい》さん。明日《あした》はお休みですし、明後日《あさって》も休館日です。なんと二連休です。しばらく疲れを癒《いや》してください」

「二連休なんて、久々だわ」

「あはは。葵さんがお休みを嬉《うれ》しがるなんて珍しいですね。しかし流石にいきなりでした」

銀次さんにも多少の疲れが見える。

「きっと、大旦那様の許嫁がどんなもんか、興味があってやってくる人たちも多いのでしょうね。……お客様が来てくれるのは嬉しいけれど……」

これはきっと一過性のものだ。そんな事は、私にも分かっている。

だからこそ、浮かれてはいられないし、銀次さんも冷静でいるのだ。

「確かに、今は話題先行という形での宣伝になってしまいましたが、悪い事ではありません。あとは、今ここへ来てくれているお客を、いかにつなぎ止めるか……口コミに繋《つな》げられるかが重要かと。しかし私はあまり心配していませんよ。何にしろ、この場所を多くの人に知ってもらえたのですから」

冷静でいながらも、銀次さんは微笑み喜びを示した。

突っ伏していた体を起こして、私もできるだけ前向きに考える。

「そうね。何だかお料理でお客さんが来ている訳ではないから、卑怯《ひきょう》な気がしてしまっていたのだけれど、これがいわゆる商売上のご縁というやつなのかしら」

「そうですよ。だって、葵さんが薄荷坊さんに作っていたお弁当がきっかけで、こういった宣伝となったのですから」

「今度薄荷坊さんに会う事が出来たら、お礼を言わなくちゃね。……あ、お涼《りょう》にも感謝しなくちゃ。薄荷坊さんにお弁当を作るよう頼んできたのは、お涼だもの」

「そうだったのですか？　流石はお涼さん。元若女将《おかみ》だけあって、そういう感覚は鋭いですね。もしかして薄荷坊さんが新聞のコラムで夕がおを取り上げてくれるかもと考えたのかな……」

話題がお涼に移っていた、ちょうどこのタイミングで、本人が夕がおにやってきた。

「って、お涼。ちょうどあんたの話をしていたの。でも、残念な事にもう店じまいよ。この場所には、何の食材も残っていないの」

「えっ、今日も⁉」

休憩時間になると、いつもここへ夕飯を食べにくるお涼。

何も無いと聞いて、あからさまに肩を落とした。

「はあ〜まあ、春日に聞いて、何となく分かっていたけれど。今日も沢山のお客が来たんですってね」

気力無く、ずるずると足を引きずりながら、お涼がカウンター近くのテーブルの椅子を引いて座った。

「お涼さんのおかげですよ。お弁当の件は、お涼さんの提案だと聞きました。まさかこうなると分かっていたのですか？」

「はい？」

銀次さんの褒め言葉に、お涼は純粋無垢《むく》な瞳《ひとみ》で、パチパチと二度瞬き。

「……お、おほほほほ、そうですともそうですとも。全ては私が仕掛けた事！　そう言う事なので若旦那様、私が若女将に返り咲く為に、ぜひ大旦那様にお口添えよろしくお願いしますわね！」

「葵〜〜お腹すいた〜〜」

後からハッと察して高笑いし始めた。おそらく、お涼は何も考えていなかったのだろう。しかしちゃっかり自分の手柄にしようとしたあたり、流石はお涼。私と銀次さんは横目に見合って、ため息をついたり苦笑いをしたり。

でも何も考えていなかったからこそ、お涼が素直にお客様の事を思って、おもてなしをしているのだと分かった。やっぱりお涼は、若女将の器だったんじゃないのかな……

そんなお涼は、ここではご飯が食べられないとあって、土産場からかっぱらってきた賞味期限ギリギリの温泉饅頭《まんじゅう》の箱を開け始めた。

彼女は温泉饅頭を一つ頬張り、あ、と何かを思い出したような声を上げた。

「そうだったそうだった。さっきお帳場長の白夜《びゃくや》様から、夕がおの二人に、お帳場まで来るようにって伝言を頼まれたのだったわ」

「それは最初に言って」

私と銀次さんはすくっと立ち上がり、身なりをびしっと整えてから、急ぎ足で夕がおを出て行った。

さて、二度目のお呼び出しである。

「ねえ銀次さん、いったい何かしら。せっかくお客さんが来るようになったのに、まさか大量にクレームでも入ったんじゃ……」

「いやあ、悪いお話じゃないと良いんですけど……」

前回のお呼び出しでくらった古傷が疼《うず》き、二人して嫌な汗を流しながら、本館を突き進む。まだ就寝時刻前という事もあり、本館は明るく活気があり、宴会場からは愉快な声が聞こえてくる。

しかし私たちは愉快な気持ちにはなれそうにない。何故か、すれ違う従業員のあやかしたちの視線が、チクチクと痛いからだ。彼らは私たちより先に、事情を知っているらしい。

「けっ。素人が良い気になりやがって」

「ちょっと話題になったくらいで料理人気取りかよ」

「これだから人間はー」

通路の端で、あの厨房《ちゅうぼう》の見習いダルマたちが、いかにもこちらに聞こえるように悪口を言っている。

いったい何なんだ。嫌な予感がするというものだ。

お帳場にて、さっそく白夜さんに出迎えられた。

「ご苦労。まあ、かけたまえ」

「は、はい」

白夜さんの表情は思いのほか普通で、相変わらず淡々としていて、怒っているとか呆《あき》れているとか、そういうものは伝わってこない。

前にお叱りを受けた、開けた奥の畳の間で、銀次さんと並んで正座する。

私たちの向かい側で、長い着物の裾《すそ》を整えつつ、乱れなく座る白夜さん。そのきっちりとした佇《たたず》まいが、さらにこの場の緊張感に拍車をかけていた。

「お呼び出ししたのは他でもない。夕がおの件だ」

私と銀次さん、あからさまにドキッとする。しかし白夜さんの口調は至って単調で、持っている扇子でピシピシ手を打つ事も無かった。

「薄荷坊殿のコラムの件は、そちらも良く知るところであろう。意図せぬ出来事であったが、あれが宣伝となり、夕がおの客入りが良いと聞く」

「はい。ここ三日満員御礼となっております。入りきれずお断りしたお客も多く、店じまいの時間も早めるという事態です」

銀次さんはきっちりと報告をした。

おそらく白夜さんは、すでにこの事を知っているのだろう。じっと私を見て、瑠璃《るり》の双眼を細めた。白夜さんに見られると、何だか何もかもを見透かされたような気持ちになって、いつも緊張する。

「薄荷坊殿に無料で弁当を振る舞っていた事はこの際……何も言わずにいておこう」

「は、はい。すみません」

別に怒られた訳ではないのに謝罪し、思わず視線を泳がせた。

白夜さんは懐からとある文を取り出して、飄々《ひょうひょう》と続ける。

「本題はここからだ。あのコラムをあるお方がお読みになったようで、夕がおに貸し切りの振る舞いをという依頼が来た。これは宮中からの依頼状だ」

「……へ？　宮中？」

ぱっと顔を上げた。銀次さんもまた、同じ反応を見せている。話がまったく予想外のものだったからだ。

宮中とは妖都の中心にある、隠世《かくりよ》を治める妖王が鎮座する場所の事だ。そう言えば、白夜さんは昔、妖都の宮中のお役人だったと銀次さんに聞いた事がある。

そのつてと言う事だろうか。

「あまり時間が無いのだが、妖都の宮中に〝縫ノ陰《ぬいのいん》〟殿という高貴なお方がおられる。妖王家の出自で……奥方は、実のところ現世の人間であらせられる」

「え……人間？」

私はさらに驚かされた。隠世における、自分以外の人間の存在を、このような所で知ったからだ。

「私もよく知るご夫妻なのだが、奥方の名を律子《りっこ》殿と言う。こちらへ来て、随分と長いお方でもある。縫ノ陰殿と律子殿は毎年結婚記念日には妖都を出て、二人で静かに祝いの席を設けるらしいのだが、薄荷坊殿のコラムを読んだ縫ノ陰殿が、ぜひ今年の結婚記念日の祝いの席を、夕がおでと申し出ていただいたのだ。おそらく、懐かしい現世《うつしよ》の料理を奥方に楽しんでいただきたいと言う意図があるのだろう」

白夜さんは文を置いて、私を見据える。

「妖王家の方々に来ていただけると言うのは、天神屋にとっても、またとないありがたいお話だ。七夕まつりまで宿泊もされて行くと言う事なので、これは盛大におもてなしをしたいと考えている。葵君、夕がおでの祝いの席の件を、ぜひ引き受けてくれるね。急な話なので、三日後のことになってしまうのだが」

「ちょ、ちょっと待ってちょうだい。……そ、そんな……そんな大層なお役目、私」

状況があまりに理解できていない。口元に手を当て、しばらく黙って考え込んでいた。

要するに、妖都の偉いあやかしが、私の食事処で、結婚記念日をお祝いしたいと申し出てくれたと言う事よね。で、その高貴なお方の奥さんが、現世の人間……

「お帳場長殿。確かにそのお話はまたとないありがたい申し出ですが、何しろ今、夕がおは資金不足でして、出来るだけ多くのお客様に入っていただかなければ保《も》ちません」

私の代わりに、銀次さんはしっかりとしていた。言わなければならない事をちゃんと言っている。ここ数日客の入りが良いとは言え、夕がおは資金不足だ。妖王家のお客様だけをもてなす余裕は無い。

「その点は心配をするな。このもてなしには夕がおに特別資金を支給する。どうせ後から返ってくる金だ」

バッと、扇子を開いた白夜さん。

商売繁盛の文字が相変わらず並ぶ、その扇子が白夜さんの口元を隠す。

「それと、来月からの経費についてだが、この申し出を引き受け、無事に成功させた暁には……少し考えても良いと思っている」

「え？　それって、つまり」

「来月からの経費削減の件だ。ここ三日の状況と、話題性を考慮して、見直しを検討している。……まあ、何はともあれ、このもてなしの結果次第と言うところではあるのだが」

白夜さんの言葉はあまりに単調で、夕がおの今後にとても重要なその内容すら、とてもあっさりと言ってのけた。

後から状況を理解し、私と銀次さんは顔を見合わせる。

白夜さんはなかなか憎い。その件をちらつかせられて、断れる訳が無い。

とは言えびしっと表情を引き締め、私はもう一度白夜さんの方を向く。

「分かりました……私、やります。そのおもてなし」

やっと例のお話を受ける覚悟が固まった。

夕がおを救うチャンスは、この流れの中にある気がしていたのだ。薄荷坊さんのコラム、そこから繫がったこのおもてなしの機会に。

白夜さんはまた私をまじまじと見据え、決意の程を確認した後、ピシッと扇子を閉じて頷《うなず》く。

「よろしい。ではさっそく準備に取りかかりたまえ。料理に関してはそちらに任せるとあるが……出来るだけ現世の味を思い出せるものだと良いだろうな……」

「……現世の味」

現世の味を思い出せる料理、とはいったいなんだろう。私はその場で少し考えてみたが、すぐには考えがまとまらない。

「若旦那《わかだんな》殿、この件は全面的にあなたにお任せする。ちょうど休館日の翌日と言う事もあり、準備に時間はかけられよう」

「ええ、全くその通りですね。であれば、さっそく。お帳場長殿、良い機会をいただきました」

「何。これはそちらの手柄だ。何と言っても、葵君が薄荷坊殿に振る舞ったと言う、手づかみ弁当とやらがきっかけなのだからな」

白夜さんと銀次さんは今までの緊張感を解きほぐし、ははと笑っている。

皮肉なのか褒めているのか。私は、膝《ひざ》の上でぎゅっと手を握った。

「私は……そんな大層な事をしたつもりは、全く無いのだけれど」

「そうだろうな。だが、きっかけとはどこからやってくるのか、本当に分からないものだ。こういうことがあるから、商売とは面白い」

「…………」

白夜さんの言葉は、先日、大旦那様から聞いた言葉にも似ていた。

仕事上のご縁とは、そう言うものなのだろうか。

白夜さんは腰を上げ、「では、励みたまえ」といつもの調子で、スタスタとお帳場デスクへと戻って行った。さっそく別の仕事をしている。

私たちも、今日ばかりは足取り軽くこの場所を辞する。

「それにしても……白夜さんの意見があんなにあっさりと変わるなんて。だって、来月の予算の減額の事も、見直すって」

「あの方はいつもああですよ。見込みの無いものは切り捨て、可能性には投資する。あの厳しさがあるからこそ、天神屋は盤石なのです。夕がおに巡って来た好機を、あの方も認めてくださったのでしょう」

銀次さんもまた、巡ってきたこの好機に、何やらわくわくしている表情だ。

「葵さんのお料理を、宮中のお偉い方々に気にしていただけたなんて、何だかとても嬉《うれ》しいです。私も全力でお手伝い致しますので、絶対に成功させましょう、葵さん」

「……ええ。ありがとう銀次さん。私、頑張るわ」

たかが料理、という人もいるかもしれない。

だけど、ものを食べずに生きていける者など、人間にも、あやかしにもいやしない。

だからこそ、共通の、食べる事への興味と喜びを分かち合える。私にも、おもてなしが出来るのだ。さて、例のおもてなしの際は、何のお料理を作ろうか。

考える事は沢山あったけれど、私はとにかく疲れていた。

慣れない忙しさと、目まぐるしい状況に。

銀次さんは私の疲労にいち早く気がついていて、この件については明日《あした》話し合おうと言って、私に休む様促してくれたのだった。


翌日は、夕がおの休店日だった。

それでも私は朝早くから起き出して、朝食の下準備を終えた後、裏山に登り、以前大旦那様に連れて行ってもらった小屋へと向かう。

お料理用のラムネを取りに行ったのだった。炭酸水はお肉を柔らかくする効果があるので、度々使う。

温泉卵専用の温泉がすぐ傍にある小屋に自由に出入りし、さっそく三本ほどラムネの瓶を持ち出した。隣の温泉卵に目移りしながらも、山を下る。

「早く戻らなくちゃ。明後日《あさって》のお客様に出すお料理、考えないといけないのだから」

早朝の静かな竹林の道を歩きながら、明後日お迎えする、妖都の王族のご夫妻に振る舞うメニューを考えている。

例の奥方、律子さんにとっての現世のお料理って、いったい何なのだろう……

「お生まれになった時代によっても、懐かしいお料理って違うわよね。律子さんって、いったいおいくつの方なんだろう」

ただ考えただけでは分からない事だ。ぼんやりと、空を見上げた。

さわさわと風に揺れる竹の枝葉が、朝の淡色の空を覆っている。小道は少しばかり薄暗く、まだあやかしたちの眠る時間帯と言う事もあり、妙な静寂の中にある。

「いったい……どうしてこの隠世に来る事になったのかな……律子さん」

それを気にせずにはいられない。

同じ、現世から隠世へとやってきた人間なのだから。

「白夜さんは、何か知っていそうな雰囲気だったわよね。少しお話を聞く事は出来ないかしら。振る舞うお料理の参考になるかもしれないし……」

ただ白夜さんの所へ尋ねに行くと考えると、何だか足がすくむ。銀次さんもそうだと言っていたけれど、白夜さんに対し苦手意識が出来てしまっているのだ。

「でも、なんだかんだと言って、夕がおの事を気にしてくれているみたいだし……今回のこの申し出だって、きっとご夫妻が白夜さんのお知り合いだったから、気軽に申し出てくれたに違いないわ。……何かこう、話が出来るきっかけでもあればなあ」

そして、あわよくば例のご夫妻の、特に奥様の情報を引き出す事が出来たら……私に出来る事と言えばお料理しかない。私のお料理をどこかで白夜さんに食べてもらえたら、話のきっかけになるかもしれないけれど……そもそも白夜さんはいったい何が好物なのかしら。

あやかしはあまり自分の好物を宣言しないと言うし、それ以前に、白夜さんが何かものを食べるという想像ができない。

だってあのひと本当に笑わないし、四方八方、全く隙のない雰囲気だもの。

一人勝手に悶々《もんもん》と悩んだり、怖気《おぞけ》を抱いていた時、小道の脇の竹林から妙な音を聞いた。

「……ん？」

ニ～ニ～、ニ～ニ～。

「猫でもいるのかしら」

何だか凄《すご》く可愛らしい鳴き声だ。思わず、本来の目的も忘れ、竹林へと分け入る。

ニ～ニ～と鳴く声は、だんだんと大きくなっていく。子猫がいるのかもという胸躍る期待感は、どんどん募っていった。

そして期待通り、竹林を分け入った先には、白くて細長い子猫らしきあやかしが数匹ふよふよと浮いていた。知っている。あれは、管子猫だ。だけど……

「あははは、よしよし。こら、やめろって。全くお前は本当に食いしん坊だな。餌はまだあると言っているだろう」

「………」

「あ、おい、そっちには行くな。お前たちは高価な薬の材料になるせいで、密猟されやすい。それに、天神屋でお前たちを飼う事は出来ないからな」

「………」

「はは、よせ。人の髪を咥《くわ》えるな……はは……って、あああああああああ！」

管子猫たちと共にいた、一人の青年。青年と言うか、天神屋のお帳場長。

お帳場長というか、白夜さん。……なぜか彼が、ここに居た。

切った竹の空洞を住処《すみか》にしている管子猫たちに、にぼしを与えながら、何だかかなり楽しげな様子で戯れている。そんな途中、言葉も出せずに脇に突っ立っていた私に気がついて、白夜さんは驚愕《きょうがく》の叫び声を上げて、にぼしを持ったポーズで固まった。

あれは……あれは知らない。

私の知っているお帳場長では無い。白夜さんでは無い。

「あの……」

やっと声をかけることができた。しかし我ながらか細い声だ。私はきっと蒼白《そうはく》な顔をしている。白夜さんもまた、とんでもない場所を見られたと言うように強《こわ》ばった表情で、口をぱくぱくさせた。

「あ……あおいくん……いつからそこに」

「えっと……あははは、よしよし。こら、やめろって。……あたりから」

「ああああああああああ」

悲痛な声を漏らして、白夜さんは顔を覆った。

「あの、いや、別に私、何も見てませんから。白夜さんが管子猫と、キャッキャうふふと戯れていた所なんて、私見てませんから」

汗をだらだらと流しながら、小刻みに手と首を振る。

白夜さんって九つの心眼《しんがん》がある、何もかもお見通しのあやかしじゃなかったの？　なぜ私の接近に気がつけなかったのか。それだけ夢中だったのかな。

見てない事にした方がいいと思った。そして何事も無かったかのように去るべし。

一方、顔を覆う指の間からギリギリとこちらを睨《にら》む白夜さんの怒りは本気《マジ》である。どうしよう、とてつもなく怒っていらっしゃる。

このままでは口封じの為に、ここに埋められかねない……っ！

「あ、にんげんのおんなのひとだね」

「いいにおいだね」

しかし白夜さんのただならぬ殺気とは裏腹に、愛らしい鈴のような声をした管子猫たちが、ふわふわとこちらに近寄って来て、和やかな様子で頬擦りをした。

管子猫とは手鞠河童《てまりかっぱ》に負けず劣らず、かなりの低級妖怪《ようかい》である。現世にも数多く存在していた。

蛇のように白くて細長い体をしていて、子猫の顔と小さな前足を持っている。筒状や管状のものを住処としているため、管子猫。自由自在に宙を浮いて移動できる。

「にんげんなんてめずらしいね」

「やあ、ほんとうだね」

そこら中の竹の切り株からひょこっと顔を出し、わらわらと出て来ては私を物珍しげに囲む管子猫。瞬《まばた》きすらしないピュアな瞳と、常に笑ったお口が、若干不気味にも思えるが、それでも愛らしいもふもふ系あやかしであるのは確かだ。

「どうしてこんな所に管子猫が？　白夜さんが育てているの？」

「……違う。そいつらは野生の管子猫だ」

「白夜さん、管子猫が好きなの？」

「す……好き嫌いの問題ではない。管子猫たちは非力だ。餌が無ければすぐに死ぬし、何かを奪う事もしない。おまけに特別な妙薬の素材となる。密猟者も後を絶たない。私が守ってやらなければ……っ」

「いや、もうめちゃくちゃ好きだよね、管子猫のこと」

最初こそあまりのギャップに度肝を抜かれていたが、やがて私はぷっと噴き出し、お腹を抱えて笑った。

「何がおかしい」

「い、いえ、あのね。私も現世にいた時、手鞠河童に勝手に餌をあげていた事があったから、ちょっとその時の事を思い出しちゃった」

白夜さんにまたギロリと睨まれたけれど、何だかあまり怖いとは思わない。

笑いすぎて、溜《た》まった目の端の涙を袖《そで》で拭《ぬぐ》う。

「手鞠河童も本当にひ弱で、気がつけばあの子がいなくなったとか、あの子が食べられちゃったとか、そんな事ばかりで。……みんなを守ってあげる事なんて私には出来なかったけれど、せめてお腹を空かせて辛《つら》い思いをしないようにって、ご飯を作ってしまっていたのよね」

白夜さんは怪訝《けげん》そうではあったが、むき出しにしていた怒りのオーラは抑えられ、どこかこちらを探る視線である。

しかし、驚いたわね。冷徹で血も涙も無いと言われていたお帳場長に、こんな一面があったとは。

とっつきにくいと思っていたけれど、何だろう。

同じ低級妖怪餌付け組として、もうちょっと歩み寄れそうな気がした。

「にんげんすき」

「おんなのひとすきっ」

管子猫たちは愛らしい仕草で、私に媚《こ》びて愛情表現をする。手鞠河童ほどひねくれた媚《こび》ではない気がして、私も微笑ましく思ってしまった。

「ふふ、こら、あんまり戯《じゃ》れ付かないで……って……あ、あああ、ちょっと待ってちょっと待って、ああああああ埋もれるううう」

しかし愛情表現が行き過ぎて、管子猫たちはもの凄い数で私に迫り、ちょっと怖い勢いで体を覆い尽くし戯れ付いたものだから、私は管子猫に埋もれる形となり、手だけを天高く伸ばした。このままじゃ、子猫に埋もれて窒息死する……！

「こら、お前たち、筒へ戻れ！」

しかし白夜さんの一声で戯れ付きはピタリと止まり、そろそろと私から離れ、それぞれ住処としている竹の切り株へと戻って行った。

「びゃくやたまのめいれいならしかたがないね」

「ね、しかたないね」

「でももうちょっとあそびたかったね」

各々残念がって、そんな事を言いながら。

これはしっかりしつけられている管子猫たちだわ。

「ふん。あまりむやみに近寄ると、管子猫たちに潰《つぶ》されるぞ。管子猫も群れになったらそこそこ危ない。気をつける事だ」

「う、現世《うつしよ》の管子猫たちはここまで凄くは無かったんだけどな……」

「管子猫にとって人間の娘はマタタビのようなものだ。こちらでは人間の娘は珍しい。管子猫たちも力の加減を知らぬのだ」

「マタタビ……」

やはりあやかしにとって人間の娘とは、とてつもない興味の対象なんだろうか。へたしたら食べられてしまうかもしれない。

立ち上がって、着物についた土を払う。

白夜さんはと言うと、どよんと影を背負った様子で、とぼとぼとここから立ち去ろうとしていた。とぼとぼというかふらふらというか、傾いていらっしゃると言うか。

これは相当精神的ダメージを与えちゃったかしら。自分がここで、あれを見てしまったからだろうけれど、何だかとても申し訳ない気分になる。

「ちょっと待って白夜さん」

「なんだ……ま、まさか今回の事を、天神屋の皆に言いふらすつもりじゃあるまいな。人の弱みを握って、この私を脅そうと言うのだろう……津場木史郎《つばきしろう》のように！」

「私ってそこまで非道じゃないわよ。というかおじいちゃんはそんなに酷《ひど》い奴だったの？　白夜さん、何か弱みでも握られてたの？」

「う、うるさい」

白夜さんは完全に、私に祖父の面影を重ねているなと思った。

もともと白い肌がより青白く、冷や汗が凄い。

それだけ祖父が苦手だったと言う事だろう。この人にもこんなに苦手なものがあったなんて。こういう時、だいたいおじいちゃんのせいだ。

「違うのよ。私、明後日《あさって》のことで少し相談があると言うか……例のご夫妻について知りたい事があるの。その、白夜さん、良かったら夕がおに来てくれないかしら」

「は？」

警戒心ばりばりの白夜さんは、一歩引いた目で私を見る。

「せっかくだから、朝ご飯を食べて行って。今日はお店もお休みだから、簡単なものしか用意できないけれど。白夜さん早起きみたいだから、朝ご飯の振る舞いがあるわ」

こちらとしては、祖父の面影を取り払いたくてニコリと微笑むも、白夜さんはいっそう訝《いぶか》しげで不機嫌極まりない顔をした。

「びゃくやたま〜」

一際小さな管子猫が、言いつけを守らずちょろちょろと白夜さんの元へ飛んでくる。微動だにしない白夜さんの頰に頰擦りして、ゴロゴロと喉《のど》を鳴らすのだった。

「またきてね、またきてね」

竹の切り株から顔を出し、他の管子猫たちも「またきてね」とおねがいする。

にぼしの袋を持った白夜さんはとてもシュールだけれど、管子猫たちにとっては、これがいつもの白夜さんの姿なんだろうな。とても愛されている。

白夜さんは無言だったけれど、小さな管子猫の顎《あご》を指でかいて、また竹林を早足で進んだ。私は後をついて行く。

「あ、あの」

「夕がおに行けば良いのだろう。分かっている」

「……白夜さん」

「早くしたまえ。時間が惜しい」

若干イライラしているキツい口調だが、凛《りん》とした佇《たたず》まいはいつもの白夜さんで、私はホッとした。さっきみたいにふらついてはいない。

私たちは管子猫たちに見送られながら、夕がおへと向かったのだった。

「夕がおには朝食メニューなんて当然ないけれど、時々カマイタチたちや、早起きしたあやかしたちが来る事があるから、裏メニューとして用意しているの。どれが良い？」

「……早速飯か」

「あら、ご飯を用意しながらお話しした方が効率が良いでしょう？」

「……従業員用の裏メニューと言ったな。まさか無料で提供している訳ではあるまいな」

「え？　あ、あはは、まさか〜ワンコインはいただいているわよ……今は」

前までは割とタダで振る舞っていた事もあったけれど、夕がおが開店してからは、皆お金を払おうとするので、朝食膳《ぜん》は五百蓮《れん》と決めた。

私は色々と笑って誤魔化しながら、カウンター席に座る白夜さんに、早速手書きのメニュー表を見せた。

・焼き鮭朝食膳
・サバのみりん干し朝食膳
・おかゆ朝食膳

基本的にはこの三種類だ。

海の遠いこの鬼門の地では、新鮮な魚介は手に入りにくいのだけれど、焼き鮭用の冷凍の鮭や、手作りのサバのみりん干しは比較的常備しやすい。

おかゆ御膳は、具こそその時々で変わるが、主にカマイタチたちが持って来てくれる山菜やきのこを使用したおかゆである。

これらは天神屋の従業員用のワンコインメニューであるが、個人的に、焼き魚は男性陣に人気で、おかゆは女性陣に人気という気がしている。

白夜さんは目を細め、そのメニュー表を見ていた。

そんなに悩む事無く「サバのみりん干し朝食膳」と注文する。

「わあ、嬉《うれ》しいわ。一番のおすすめだったの。何しろ自家製の干物だからね」

「干物を自分で作るのか？」

「そうよ。この裏には、干物がいつもぶら下がっているわ」

「……ご苦労な事だな」

出したお茶をすっと飲んだ後、白夜さんは懐から扇子を取り出し、はたはたと顔を扇《あお》ぎ始めた。やっぱり白夜さんには扇子姿がお似合いだな。

私はさっそく、サバのみりん干しを二枚取り出し、網で焼き始める。焦げやすいので、じっくり弱火で。

その間に、作っていたお味噌汁《みそしる》を温め直す。今日は至って定番の、しじみと刻みネギのお味噌汁。しじみの旨《うま》みがたっぷりと出たお味噌汁だ。

また、生卵を取り出し、ダシ巻き卵の調理にとりかかる。昆布とカツオのお出汁《だし》でつくる、ちょっと甘めのダシ巻き卵。醬油《しょうゆ》、みりん、砂糖というあやかし大好き三種の調味料を使う料理なので、これまた人気で、朝食には必ずつけるようにしている。

ダシ巻き卵用の四角い鉄のフライパンはここ隠世《かくりょ》にもある。これを火にかけ十分熱したところで、味付けし溶いた卵を半分以上流し込んで、ぐるぐるとかき混ぜる。半熟状の卵を四角いフライパンの端っこに寄せてひっくり返し、残りの卵を少しずつ追加しながら巻いていく。卵が無くなるまで巻き終わったら、出来上がり。

縦長の大きなダシ巻き卵を四つに切って、そのうちの二つを、平皿に盛る。

ふわふわのダシ巻き卵には、やっぱり大根おろしよね。大根おろしをお皿にたっぷり添えて完成。その頃には、サバのみりん干しも良い焼き色になっており、店内は甘く香ばしいみりんの香りで満ちていた。

「もう少し待ってね。あとは盛りつけだけだから」

「……手際の良いものだな」

「あら、白夜さんが私を褒めてくれるなんて珍しいわね。今日は雨かも」

「日中は晴れだ。夜からはまたしばらく雨が続きそうだがな」

はたはたと扇子で顔を扇ぎながら、白夜さんは真面目に天気の話をした。その合間にも、カウンターの向こう側から、じっと私の動作を見ていた様だ。

作業を見られていると思うと少し緊張する。どこかでダメ出しをされそうだ……

「おい、葵。今日は朝はやっているの……か……」

そんな時、珍しく朝の早い暁《あかつき》が、ここ夕がおにやってきた。ただ店内に入って、真っ先に白夜さんの姿が目に入った様で、とてつもなくぎょっとしている。

「番頭か。君がこんな時間から起きているなんて知らなかったな」

「え、あ……なぜお帳場長殿が？　あ、いや、おはようございます」

どぎまぎしている暁を見て、ああ、やっぱり暁って天神屋の幹部の中では下っ端の方なんだなと再確認した。

番頭と言えど、若いあやかしだと言われていたもんな。年功序列と言うやつか、それとも単純に白夜さんの立場が凄《すご》いのか。

「ちょうど良かった、暁。サバのみりん干しの朝定食ならすぐに出せるわよ」

「……ならそれで頼む」

本当は私が食べようと思っていたサバのみりん干しだけど、せっかく暁が来てくれたのだから、出来立てのダシ巻き卵と一緒に食べて欲しいものよね。

暁はカウンター席の、白夜さんとは少し離れた場所に座った。

暁も白夜さんに対して苦手意識が強いのかな。ああ、白夜さんがその冷淡な瑠璃《るり》の瞳《ひとみ》で、暁を横目でじっと見ている……。

暁は私が忙しそうにしているのを見て、自分で勝手にお茶を用意して、飲んでくれている。だけど、それでもお茶を飲む事すら苦しそうだ。

「はい。お待たせ」

さくさくと二つのお膳を持ってカウンターから出た。まずは白夜さんの座る席にお膳を持って行き、次に少し離れた暁の席へ。

暁は「いったいどういう状況だ」と言いたげな視線を私に向けていた。

「白夜さんに、色々なお礼を兼ねて朝食を御馳走《ごちそう》しているの。でも暁、あんたはちゃんとお代を払ってよね」

「は？」

私はニッと笑って返す。暁は色々と意味が分からないと言いたげな表情だが「いつも払っているだろうが、朝食代なら……」とぐちぐち言って、箸《はし》を取る。

「さあ、白夜さんも、どうぞ召し上がって」

まだほかほかの炊きたてご飯と、サバのみりん干し焼き、ふわふわのダシ巻き卵大根おろし添えに、しじみのお味噌汁。ほうれんそうのおひたしの小鉢と、お漬物もつけて。

「………………」

白夜さんはしばらくそのお膳を見ていた。

やがて、手を合わせて箸を取り、しじみの味噌汁を一口飲む。すっとお椀《わん》を置いて、ご飯茶椀を持って、みりん干しを綺麗《きれい》につつきながら、それぞれ食べる。

食べている姿も凛として澄んでいて、正しく美しくまるで隙がない。そんな風に思った。あまり見られるのもいい気はしないだろうからと、私は厨房《ちゅうぼう》に戻って、そこからカウンターを見る。

うーん、暁は白夜さんが気になって仕方が無い様子。いつもはもっと豪快で早い食べ方なのに、今日はゆっくりで静かだ。お上品な暁なんて気持ち悪いな、と私は思った。

「あ、あの、お帳場長殿も、ものを食べるんですね」

あまつさえこんな質問をくりだす。これは相当テンパっている。

「私を何だと思っている。一日三食、これは基本だ」

「……で、ですよねー」

「そう言う君は、日頃からちゃんと食べているのか？　番頭は天神屋でもハードな役回りだ。君はほとんど休みを取らないから、大旦那《おおだんな》様が時々心配しておられる。たまには有給休暇を使いたまえ。疲労で倒れられても困る」

「い、いや、特に休む理由も無くて……って、お帳場長殿もこんなに早起きで、いったいいつ寝ていらっしゃるんですか」

「ふふっ」

「葵、何がおかしい」

暁のいつもと違う気をつかった態度に、こちとら少し噴き出してしまった。対照的な二人の掛け合いは面白い。というか、天神屋にも有給ってあるのね。

しばらくこんな風に、不思議な朝食の時間が過ぎていった。

「そう言えば……葵君。君は私に、何か聞きたい事があったんじゃないのか。朝食を食べさせる為にここへ連れて来た訳ではあるまい」

食べ終わって早速、白夜さんがその件について触れた。

私はカウンター越しに白夜さんを見て、頷《うなず》く。

「ええ。ねえ白夜さん。……明後日《あさって》ここにやってくるご夫妻の事を、よく知っていると言っていたわよね。奥様の律子さんは人間ということだけれど、現世《うつしよ》にいた時代っていつ頃なのか分かるかしら」

「…………」

一度、ピクリと眉《まゆ》を動かして、白夜さんは僅《わず》かに視線を横に流した。

「律子殿は……昭和初期の生まれのお方だ。長崎出身の方で、女学生時代は福岡に住んでおられた。縫ノ陰殿とは、その頃、現世で出会ったのだ」

「現世で？」

「ああ。縫ノ陰殿は現世の文化に興味があるお方で、時折ふらっと現世に赴かれていたのだよ。かつて縫ノ陰殿にお仕えしていた私も、何度か現世へと捜しに行ったことがある……全く、勝手なお方で、度々苦労させられたものだ」

「へ、へえ」

かつての苦労を思い出しているのか、白夜さんは鼻で笑って、お茶を飲んだ。

「……昭和初期、かあ。なら、どんなお料理が良いかしら」

「当時は現世の日本でも、海外から料理が伝来し、洋食が食べられていた時代だ。縫ノ陰殿と律子殿の逢引《あいび》きにも、洋食屋が利用されていた」

「……逢引き……なるほど」

白夜さんの口からその言葉が出て来た違和感はさておき、私はノートにメモを取る。

ならばやはり、少しレトロな趣の感じられる、洋食を揃えるのが良さそうだ。

「ビーフシチューや、カツレツなんてどうかしらね。あ、うーん……でも、隠世では洋食の材料を揃えるのが、なかなか大変そうだわ」

「それならば心配はありません！」

この会話をいつから聞いていたのか、いつの間にやら夕がおの入り口付近に立っていた銀次さんが、早く気がついてと言わんばかりに声を上げた。

白夜さんはクールに視線だけそちらに向けて、暁はまたぎょっとして大げさに振り返る。

「あら銀次さん、いつからいたの？」

私はカウンター越しから、銀次さんを確認して小首を傾げた。

「ふふ、さっきから居ましたとも。なかなか気がついていただけませんでしたけれど、お話は聞かせていただきました。そう言う事であれば、鬼門の地の隣、東の地では現在、異界珍味市が開かれているので、大抵のものは手に入ると思います」

「異界珍味市？　何それ」

「東の地にある、現世や、その他異界の珍味を取り揃えた期間限定の特例市だ。確かにそこへ行けば、必要なものは揃うだろう」

白夜さんが説明を付け加えた。

「主に、貴族や富豪に向けた物産展的な役割が大きいのだが、この場所でしか手に入らない異界の商品は多く、またこの場所でしかできない商売も多い。とは言え、商品の入手数にも制限がかかっていて、使用方法も細かくチェックされる。ここで手に入れた商品で大々的に商売をする事は出来ないようになっているのだ」

「わ、私たちは大丈夫なの？」

「大量に買い込む事が目的ではない。大々的な商売とは言いがたいし、何も問題は無い。入場には大旦那様から許可証を発行してもらう必要があるだろうがな……」

言いながら、白夜さんはカウンター席から立ち上がり、扇子を閉じて懐に仕舞った。

「後の事は、若旦那殿にお頼みする。……葵君、馳走になった。では私はこれで」

淡々と必要な言葉を列《つら》ね、白夜さんは早々にこの夕がおを後にしようとする。

「あ、白夜さん、色々とありがとう。夕がおの事も、ご夫妻の事も。また何かの時は、ぜひ夕がおに立ち寄ってちょうだい……」

「…………」

「裏山へ用がある時とか」

「お、おいっ！」

白夜さんの冷静さが一瞬崩れ、彼は慌てて振り返った。

銀次さんも暁も、何だかとても驚いている。

意味が分かっているのは私だけで、ぽんと口から出てしまった言葉にあちゃあと思いつつも、斜め上を見ながら素知らぬ振りをした。

何だか悔しそうに頬を引きつらせていた白夜さんだったけれど、彼には時間も無いようで、ぐぐと感情を収めて、今度こそ夕がおを出て行く。

格子窓から、白夜さんが逃げるように、足早に渡り廊下を進む様が見えた。

朝食の感想は聞けなかったけれど、まあいいか。全部食べてくれたみたいだし。

「はあ〜……お帳場長殿のあんな焦った表情、初めて見ましたね、私」

銀次さんはさっきから目を点にして、白夜さんが出て行った戸口を見ている。

「葵、お前、お帳場長殿に何をしたんだ」

「どういう意味よ暁。私は何もしていないわよ」

「いや、あれは……史郎みたいな外道な奴に脅されている表情だった」

ず……と、お茶を啜《すす》って、暁は悟ったような事を言う。

「失礼ね。私はただ、色々とお世話になったから朝食をごちそうしたまでよ。でも、良かった。これで明後日のメニューの方向性は決まったわ」

私としては、それが決まっただけでも有意義な朝だったと思える。

それに、ひょんな事から白夜さんの意外な一面を知ってしまった。

ある意味で弱みを握ってしまった事になるのでしょうけれど、別にこれで脅すつもりなんて……おそらくきっと、無い。多分無い。

それにしても、天神屋って本当に面白いあやかしばかりね。

血も涙も無いと言われていたけれど、なかなかどうしてお帳場長も、ただの冷徹なあやかしでは無かったようだ。


その日の夜、大旦那様のお部屋を訪ねた。

明日《あした》、銀次さんと共に天神屋を出て、隣の東の地へと赴く許可を貰《もら》う為だ。

「なに……？　東の地へ行きたい？」

ちょうど部屋で花を生けていた大旦那様は、私のお願いを聞いて作業していた手を止めた。大旦那様いわく、この生け花はフロント用らしい。大ぶりな紫陽花《あじさい》が主に目立つ、立派な生け花だ。私みたいな素人に、大旦那様の腕前の程はよくわからないけれど、とても素敵に感じる。夕がおには小瓶に生けた一輪の紫陽花だけが飾りだからな……

「東の地に、異界珍味市というのがあるのでしょう？　私、そこでどうしても手に入れたい食材と、調味料があるの」

「…………」

「……大旦那様？」

大旦那様は思っていた以上に、複雑そうな顔をしていた。うむと顎《あご》を撫《な》で、何やら考え込んでいる。

「も、もしかして難しいの？」

「いや……銀次と一緒なら問題は無いだろうが……。僕もついて行きたいところだが、あいにく明日は天神屋の休館日で、僕は妖都の宮中に赴かなければならない」

「もしかして、妖王家のご夫妻の件で？」

「その事も多少は触れるだろうが、これは別件だ。明日は〝八葉夜行会〟がある」

「八葉夜行会？　何それ」

「天神屋は八葉に数えられるお宿だ。明日はそういった、八方の地を治め、土地を支える商いをしているあやかしが、妖都に集う日なのだよ。どんな大妖怪《ようかい》と言えど、この集会をないがしろにする事はできない」

「へえ……とんでもない集まりのようね」

そう言えば、八葉という肩書きが大旦那様にはあるのだった。

八葉とは、この隠世《かくりよ》にある八つの異界と繋《つな》がる土地と、それを守るあやかしに与えられている称号だと聞いた事がある。八葉のあやかしは、その土地で何かしら大きな商売をしているらしく、天神屋のように商店自体が本拠地となり、異界に出入りするあやかしたちを管理し、導く役割を果たしている事もある。

そりゃあ、この世界の重要な機関を担っているのだから、大旦那様が妖都に招集され、集まりに出席しなければならないのも、何となく理解できると言うものだ。

「うーん、僕もついて行く事ができればなあ」

大旦那様はまた唸《うな》っている。渋い顔をしながら、目の前の生け花の事などもう完全にどうでもいい様で、放置している。

「大丈夫よ。大旦那様ってば、過保護すぎるわ。まるでおじいちゃんの様よ」

「……え」

大旦那様がらしくない様子で、間抜けな声を出した。

私としては、祖父がとても過保護であったため喩《たと》えとしてこう言ったのだが、これが大旦那様にはとてもショッキングな事だったみたいで、ずっと手に持っていたハサミまでぽとんと落とす始末。

「何よ、おじいちゃんと言われてそんなにショックなの？」

「僕は……そんなに老けて見えるだろうか」

「え？　いえ、別に……って、何百年も生きているくせに、今更老いを気にしているの？　違うわよ、私は、私のおじいちゃんに似てるって言ったのよ」

「…………え？　史郎に？」

あれ。大旦那《おおだんな》様が更に精神的ダメージを受けている。真顔だが青ざめている。

死後なおその名だけで他人を傷つける事の出来る祖父は、やはり隠世の名悪役。

「ふん……私なんて、いつも史郎に似ているって言われるのだから、その苦痛を分かってもらえて嬉《うれ》しいわ」

私としてはざまあみろと言いたい。

しかしなんでこんな話になってしまったのか。いまだに悶々《もんもん》とその事を考えている大旦那様だが、元の話題に戻したい私は、ずいと彼に寄って言った。

「ねえ、どうしても行っちゃダメ？」

「……？　ああ、東の地の件か。使いの者に行かせるのではダメなのか？」

「今一瞬、本当の話題を忘れてたでしょう」

全く。大旦那様って案外、抜けた所があるのね……

「できれば自分で食材を選びたいわ。私、ずっとこのお宿から出てないんだもの」

大旦那様の顔を見つめ、はっきりと自分の意思を伝えた。これればかりは、こちらも諦《あきら》める訳にはいかない。しかし大旦那様も慎重だ。

「……危険である事に変わりは無い。史郎の孫娘、天神屋の嫁、そういう情報だけでお前を鬱陶《うっとう》しく思う者は、隠世にはとても多いのだよ。お前は、以前夕がおで命を狙われた事があるだろう？　その犯人もまだ分かっていないのだから」

その件を出されて、私は僅《わず》かに視線を落とした。

「それは……そうね。確かにあの時、サスケ君が居なかったら危なかったわ」

「………………」

「大旦那様や、銀次さんに迷惑をかける事になるかもしれないもの。勝手な事は出来ないわね。ごめんなさい大旦那様。私、ただ縫ノ陰様の奥様に、喜んでいただけるお料理を作りたかっただけなの」

「……葵」

「もし外出のお許しがいただけるのなら、大旦那様に食べて欲しいお弁当があったんだけどな……」

これ見よがしに、背後からスッとお弁当箱を取り出した。大旦那様の表情が変わる。

「でも、そうよね。ダメよね。分かっているわ。……と言う訳でこのお弁当も、持って帰って私がやけ食いします」

「ちょ、ちょっと待て。待て、葵。落ち着け」

「私は落ち着いているつもりよ」

いつかのやり取りを繰り返す。

大旦那様はすくっと立ち上がると、壁際の和簞笥《だんす》の引き出しを開けて、何やらごそごそと探していた。これでもないあれでもないと、ぽいぽいと小物を取り出しながら。

「あった、これだ」

「大旦那様、何をしているの？」

何かを持って、大旦那様は私の元まで戻って来て、目の前で膝《ひざ》をついた。

いきなり大旦那様が私の首に手を回したので、少し焦る。大人の男の人が自分の体に覆い被《かぶ》さる様は、酷《ひど》く緊張に見舞われるものだった。

「な、何っ、大旦那様」

うわずった声が出る。裏腹に大旦那様は真剣だった。

「これを身につけておいで、葵。お前を守るものだ」

コロン、と胸元に転がったものがあった。視線を落とすと、首から下げられた紐《ひも》の先に、丸い緑色の玉がくっついているのが見えた。それはガラス玉の様で、中では緑色の小さな炎がゆらゆらと揺れている。

「わー、綺麗《きれい》。でもかなり変わった代物ね」

「僕の鬼火を閉じ込めた石だ。守りの緑炎だから、肌身離さず持っているように」

「……お守りってこと？」

「そうだよ。だが、要注意だ。銀次の傍を決して離れてはいけないし、一人になってはいけないよ。約束を守れると言うのなら、明日は天神屋を出て、東の地に赴いても良い」

大旦那様はいくつかの約束事を私に言って聞かせて、最後はこの外出を了承してくれた。難しいかと思っていたので、私は胸元に転がる石を握って、満面の笑みになる。

「ありがとう、大旦那様」

「……ゴホン。と言う事だから、その弁当をこちらによこしなさい」

「あら、大旦那様、そんなにお腹が空《す》いていたの？」

「腹の減り具合で言えば、普通だ。僕はただ、葵が僕に作って来たと言うから……」

大旦那様は私の持ってきたものを、何となく欲しがる素振りを見せた。

たかだかお弁当よ。天神屋の大旦那様は、これよりずっと美味《おい》しいものを、沢山食べる事ができるでしょうに。

それでも、なんとなく嬉しい。大旦那様は、時々振る舞う私の料理をいつも美味しいと言って食べてくれるのだけれど、今まではいまいち本心が読めなかったのよね。

でも今日の大旦那様は、なんと言うかどうしてもこのお弁当が気になっている様子だ。賄賂《わいろ》として持って来たのは確かだったのだけれど、そんな風に欲しがってくれるとは思わなかったな。持って来て良かったかも。

「そう。なら……どうぞ。ほんのお礼の気持ちよ」

こちとら少しどぎまぎしながら、背後に置いていたお弁当を、すっと大旦那様に差し出した。その時だった。

「!?」

ピカ、と光った後から、強く何かを引き裂くような猛烈な音が響いた。典型的な雷鳴。あまりに突然だったせいで、私はすっかり体をすくませお弁当を落とす。それを大旦那様が手のひらで受け止めてくれた様だった。

雷鳴の後、ザーザーと強い雨が降り始め、部屋の開け放たれていた窓から強い雨風が吹き込む。そのせいで、ふっと、部屋の明かりが消えた。

「おや。雷獣が天神屋の上を通ったかな。うちの火も、奴の起こす雷雨にはめっぽう弱い」

「…………」

「……葵？」

私は、無意識のうちに、大旦那様の着物の袖《そで》を掴《つか》んでいた様だ。

大旦那様はその事にすぐ気がつく。

周囲は暗く、遠くで光る雷だけが、時折この部屋の中を照らした。

「ご、ごめんなさい……大旦那様。私、雷には少し弱くて」

足下から冷えきってすくむ。この感覚は、私にはどうしようもないものだ。

大旦那様の袖をぎゅっと握って、内側から湧き出る何かを必死になって押さえ込もうとしていた。幼い頃の記憶の中で、母に置いて行かれたちょうどその日の夜の恐怖は、どうしても忘れられない。あの夜は、酷い雷雨だった。

寂しくて、お腹が空いていて、その上恐ろしく、それでも誰も傍にいてくれない。すぐに母が帰って来てくれると、そう信じて待っていたのに、いつになっても母は帰ってこない……その時の染みるような恐怖が、雷鳴を聞くたびに思い出される。

「……………葵」

大旦那様はしばらく黙っていたが、やがて私の名を呼んだ。

ふっと目の前が明るくなったかと思ったら、大旦那様がその指先に淡いオレンジ色の鬼火を灯《とも》していたのだった。

大旦那様と私の間で、淡く揺らめく鬼火を、私はただ見つめていた。

「大丈夫だ、もう何も怖く無いよ」

その声と炎は、鬼のものでありながらどこか温かく、ガチガチに震え、強《こわ》ばっていた私の体から、ゆっくりと力が抜けていく。すぐ傍に誰かが居ると言う事が、私にはこの上なく、安心できる事だったのだ。それがたとえ、あやかしでも。

「…………」

大丈夫だ、もう何も怖く無いよ。

その言葉は、かつてどこかで、聞いたものだった気がする……

「ありがとう……大旦那様。綺麗な火ね」

「あやかしを恐れもしないくせに、葵にも恐ろしいものがあるのだな」

「ふふ……情けないでしょう？　私、苦手なものはとことんダメだから」

特に、空腹と雷。まだ少し震える。体は正直だ。

さっきからずっと、ぎゅっと握りしめている大旦那様の袖。しわを作ってしまいそうだったけれど、それでも私は、手放す事が出来ずにいた。

「ごめんなさい。大旦那様の羽織の袖、しわくちゃにしちゃうかも」

「葵がそれで安心するのであれば、羽織のしわなんていくら増えても構わないよ」

「………大旦那様」

大旦那様に、私の過去の話をした事は、ほとんど無かった様に思う。

きっと訳が分からないだろうな。なぜ私がこんなに、雷を恐れるのか、なんて……

「大旦那様、あのね……私」

何だかこみ上げるものに耐えられなくなって、私は過去の事を、大旦那様に少しだけ話してしまおうかと思った。

しかし、顔を上げた時に見た大旦那様の表情があまりに憂いを帯びていたから、私はハッとしてしまい、それ以上言葉を発する事が出来なかったのだった。

「……ん、どうしたんだい、葵」

「いえ……何でも無いの」

「落ち着いたかい？」

「う、うん」

まるで子供みたいな反応をして、大きく頷《うなず》いた。

大旦那様は、先ほど見せた憂いの表情など、まるで無かったかのように、目を細めて微笑んだ。

雷はいつの間にか遠ざかり、その雷鳴も聞こえなくなっていた。

大丈夫と言ったのに、大旦那様はわざわざ私をあの離れまで送ってくれて、おやすみと言ってくれた。

明日《あした》は楽しんでおいで、と。

第七話　異界珍味市

外へ出てはダメ。

誰かが来ても、開けてはダメ。

大声を出すのも嫌よ。居ないように振る舞いなさい――

私を見る事も無くそう言って、母が出て行ったあの日。私は言われた通り、お人形みたいに一人で良い子にしていたつもりだった。

言われた事をちゃんとやっていれば、いつか母は、もう一度自分を見て、自分の名を呼んでくれると思っていた。

その日の夜は、とても酷い豪雷だったのを覚えている。

お母さんはどこへ行ったのだろう。いつまでたっても帰ってこない。

今までだって帰ってこない日はあったけれど、こんなに恐ろしい夜なのだから、きっとすぐに帰って来てくれる。

リビングのソファの上で、耳を押さえながら、体を丸めてその雷鳴に耐えた。

私は母に嫌われたく無くて、言われた通り言いつけを守ろうとしていた。しくしく泣く事はあっても、思い切り泣き叫ぶような事はしなかった。だから誰も、私がこの部屋に取り残されている事など知らなかった。

そろそろお腹もすいてきた。

ああ……そうだ。どこかに食べ物があるかもしれない。だけどあまりの恐ろしさに、このソファの上からどこへ行く事も出来ない。体が動きそうに無い。

雷の事など詳しく知る由もない幼い子供だったのに、この轟音《ごうおん》と稲光は、いつか自分を飲み込んで、焼いて殺してしまうのではと思っていた。

とにかく寂しくて、ひもじくて、寒い。四角い部屋は、自分を閉じ込める暗く恐ろしい牢屋《ろうや》だ。温かい何かが、ずっとずっと欲しかった……

そう願っても、この日の夜、全てが叶《かな》う事は無かった。

母は帰ってこないし、何かを食べる事も出来なかったし、温かいものなど一つもなかった。傍に居てくれるもの、自分を守ってくれるものはなかった。

そうだ。まだ、〝あのあやかし〟にすら、出会う事の無かった雷雨の夜。

どうしてかな。私は結局、後に例のあやかしに出会うし、最後には救われるし、施設での生活だって祖父が私を迎えに来て終わる。料理と言う、かけがえの無い大切な生き甲斐《がい》も見つけるのに……

なぜ今でも、最初の恐怖を、孤独を、忘れられないのかな。

○

「……ああ……またあの夢。嫌な気分だわ」

久々に、幼い頃の夢を見た。昨晩の雷のせいだろうか。

「最近は、あの手の夢を見る事も無かったのに」

昨晩の大雨のせいかな。布団から起き上がり、ぼんやりとしていた。

気分とは裏腹に、早朝の空気はみずみずしく、清々《すがすが》しい。沈んだ私の気分などおかまい無しに、どこまでも澄み切っている。

胸元に転がる緑色の石が、ほのかに温かい。それをぎゅっと握りしめ、私は大きく深呼吸をして、立ち上がった。今日は東の地へと向かうのだ。準備をしてしまわなくてはならない。

寝床のある奥の間から出て、厨房《ちゅうぼう》に入ると、台の上に昨夜大旦那《おおだんな》様に賄賂《わいろ》で手渡したお弁当の箱が置いてあった。文が添えられている。

角煮がたいへん美味であった。

雷は去ったけれど、他に恐ろしいものなど山ほどある。

今日はできるだけ早く天神屋《てんじんや》に戻るべし。

大旦那様のあの端正な字だ。手紙とはまめだな。

昨晩持っていった賄賂ことお弁当には、裏山の炭酸水で煮た豚の角煮を入れていたのだった。気に入ってくれたみたいで良かった。

それにしても、諸々《もろもろ》を心配する様子が窺える文章だ。

「こういう所が、なんとなくおじいちゃんに似ているのよねえ」

ああ見えて祖父は、私に対してとても過保護だった。あやかしに狙われやすい体質だったからかもしれない。

ただガチガチに家に閉じ込める訳ではなく、忠告を怠らないと言う意味での過保護さだ。

結局のところ、危ないかもと思っていても、普段の生活で外に出ない訳にはいかないし、それと遭遇して自分で回避の方法を見いださなければ、本当の危機に遭遇した時、身を守る事が出来ないからだろう。

大旦那様も、なんだかんだと言いながら私の外出を許したのだし……

「ん？　これって大旦那様が私の保護者みたいじゃないのよ」

最初こそ微妙な表情になったが、よくよく考えると、あながち間違いでもない気がしてきた。大旦那様、私のこと嫁だとか言いながら、どちらかと言うと娘とか孫のように扱っているんじゃないだろうか。

「それはそれで、子供扱いされているみたいで腹立つわね……」

そりゃあ、私は嫁入りを拒否しているし、我ながら大人の女性からはほど遠いのは知っているけれど。

まあ、私も大旦那様のことをおじいちゃんみたいだとか思っちゃった訳だし、お互い様かもしれないな。実際に、大旦那様はおじいちゃんどころではない長い時間を、あやかしとして生きている訳だしね。


午後の早い時間、私と銀次《ぎんじ》さんは天神屋の小型船〝稲葉丸《いなばまる》〟に乗って、東の地へと降り立った。

東の地は鬼門の地の隣に位置する、別名「海門《かいもん》の地」と呼ばれる港町であり、海沿いには巨大な漁港と市場があり、その傍には商店街、また少し離れた場所に異国情緒を感じさせる洋館などがまとまった場所があった。

「わあ、何だか不思議。隠世《かくりよ》に市場があるのはまだ分かるけれど、洋館があるなんて」

「ええ。ここは何と言っても貿易の盛んな港ですからね。隠世で最も新鮮な海産物が手に入りますし、異界の産物や文化に触れやすい場所なのです。今でこそ異界との行き来が制限されていますが、ここ東の地からの異界への移動量は、隠世でも堂々の第一位を記録しています」

「へぇえ。私、てっきり鬼門の地が一番なのだと思っていたわ」

「あはは。鬼門の地は移動量で言えば第三位なのです。観光地ですから、商人の移動はあまり多くありません。天神屋は主に少々裕福な民が娯楽で利用するお宿です。とは言え、リーズナブルなプランも最近出来ましたから、一般の客層も増えてきました。異界への移動で言えば、天神屋で隠世を満喫してから、異界へ出向いたり、また異界からやってきたお客様が利用する、というのが主ですね」

「なるほどね。天神屋は、観光地の駅近高級老舗《しにせ》宿といったところかしらね」

銀次さんが丁寧に、異界との移動量と天神屋の客層について説明してくれた。確かに天神屋は、普通に利用するにはなかなか高級そうだ。

異界珍味市は、最も賑《にぎ》わいを見せる鮮魚市場およびその周辺の商店街から、少し抜けた場所にあると言う事だった。

海岸沿いの大通りを、周囲の様子を観察しながら、ひたすら歩く。

それにしても活気のある場所だな。妖都とも銀天街《ぎんてんがい》ともまた違う、忙《せわ》しないあやかしたちが足早に行き交う。彼らは気楽に楽しむ為に来ているのではなく、より良い品物を手に入れるため、目をぎらつかせているのだ。なんとなく勝負じみている、そんな雰囲気。

漁港の鮮魚市場は午前の一番込み合う時間を過ぎていた事もあり、これでもまだ一番の賑わいと言う訳ではないらしい。

とは言え、海を見れば漁船が汽笛を鳴らしているし、市場通りの商店街はお客でいっぱいだ。魚屋や干物屋、魚介料理屋が並んでいる。

海は現世《うつしょ》のものとほとんど同じように見えるが、遠くの海面を、奇妙な色の羽を生やしたクジラが浮遊しているのを見てしまって、やっぱりここは異界の海なのだなと思った。

「ねえ銀次さん。この地にも大旦那様みたいな八葉がいるの？」

「ええ。この巨大な鮮魚市場を仕切る、海龍の長がおります」

「海龍？　想像もできないわね」

「あはは。会うたびにお魚をまけてくれる、とても気前の良いお方ですよ。海の無い鬼門の地にとっては、ここから仕入れる海産物は重要ですし、天神屋は市場とも、商売上古くから繋《つな》がりがあります。しかし今日はお会いする事が出来ないでしょうね。何しろ八葉は都に招集がかかっておりますから」

「そっか、そうだったわね」

確か大旦那様も、今日は都に向かうと言っていた。大旦那様クラスの大妖怪《ようかい》が一堂に会するなんて、なかなか恐ろしい集まりがあったものだ。

「異界珍味市は大通りを抜けた先にあるのです。さあ、すぐに参りましょう」

銀次さんは張り切っている。歩いている大通りには、徐々に海産物以外の、隠世各地の名産品などを集めた店が目立ち始めた。

確かにここでは様々なものが手に入りそうだ。私は大旦那様が貸してくれた鬼のお面を身につけたまま歩み、キョロキョロと周囲を見渡していた。

大通りを抜けた先には十字路があり、そこを渡ると、この隠世には少し、というかかなり似合わないレンガの道が続いていた。一番奥に、赤レンガの大きな建造物が見える。

「あ、ほら葵《あおい》さん、あれが異界珍味市の開かれている洋館です」

「わあ、まるでここから、別の世界の様ね」

和風の石畳が、突然レンガの道に変わるその境目を飛び越えて、私は赤レンガの建物の入り口を覗《のぞ》く。入り口には確かに「異界珍味市開催中」と書かれていた。

しかし入館できるのは許可証を持つものだけ、と念を押されている。

「入館に許可証が必要というのは、聞いていた通りね」

「ええ、異界の産物は入手に制限がかかっていますからね。ここは珍しいものが集まっているので、入手にも許可証が必要なのです。我々は天神屋の使いですから、大旦那様が手配してくださったものがあります」

銀次さんは懐から許可証らしきものを取り出し、異界珍味市の入り口に座る、魚頭のあやかしに手渡した。

「入場を許可する。撮影等禁止である」

「分かりました」

銀次さんは丁寧に頭を下げていた。私は彼につられてぺこりと頭を下げ、このレンガ造りの大きな建物に入館する。でもいったい何を使って撮影するのかな……

「わあ」

私の素朴な疑問は、入館した直後に脳内から消え去った。レトロな洋館の内部には、私にとってはとてつもなく懐かしい産物が溢《あふ》れていたからだ。

「チョコレートだわ、チョコレートがある！」

一番手前の目立つ場所に、板チョコが山積みにされていた。日本ではメジャーなメーカーの商品が、特に目に入る。

「ええ、チョコレートは異界の珍味として、こちらではすこぶる好評です。一般にはまだ浸透していませんが、富裕層にはチョコレートを求めてここへ来たり、現世まで行く者も多いらしいのです。一度食べたら虜《とりこ》になるとか」

「そうよねえ……チョコレートは卑怯《ひきょう》よねえ」

「少し買っておきましょうか。今回のお料理に使う訳ではなくとも、チョコレートのお菓子は研究の余地ありですし」

「え、でも現世ではよくある板チョコなのに凄《すご》い値段よ。うち、予算も無いし、無駄なものは買えないのでは……」

「ふふふ。ご安心を。今回は、王族のおもてなしと言うことで特別手当が出ております。若干余裕があるので、ここぞと買い物をしておきましょう。余らせるなんて勿体《もったい》ないので……ええ、チョコレートは日持ちしますし、三枚くらいなら……」

銀次さんはまるで悪巧みでも話すように、こそこそと小声になる。

「そうね。じゃあ買っておきましょう。私も、チョコレートのお菓子作りたいわ」

詳しい事は分からないけれど、銀次さんが良いと言うのなら、当然買うべし。

私たちはチョコレートの魅惑に負けて、買い物用の竹籠《たけかご》に三枚入れた。一度の買い物で板チョコ三枚までと、注意書きがあったからだ。

チョコレートが手に入るとは思わなかったので考えていなかったのだけれど、余裕があったら今回のお料理にチョコレートのお菓子も作ろうかな。

「さて、本題に入りましょう。えっと、何が必要なんでしたっけ?」

「ビーフシチューを作りたいのよ。ソースから作ろうと思うから、その材料が欲しいわね」

「洋食の材料はあちらの様です」

私たちはいそいそと、洋食の材料の並ぶ陳列コーナーへと向かった。

館内ではお面を身につけたあやかしたちが買い物を楽しんでいる。どのあやかしも、いかにも上流階級といった装いだ。許可証が必要と言う事で、それなりに身分の保証された者しか入れない場所だと言う事だろう。品物はどれも、そこそこ割高な様だし。

それにしても、着物姿の怪しいあやかしたちが、洋館で現世の品物を買っている姿は実にシュールなものがある。不気味さはいっそう増している気がするわね……

「あ、あったあった」

ブイヨンやコンソメの素を発見した。隣にデミグラスソース缶やビーフシチューのルーがあったけれど、今回は時間をかけてソースから作りたいと思っていたので見送る。

「あ、葵さん、カレーライスの素がありますよ」

銀次さんが私の肩をトントンと叩《たた》いて、隣に並ぶカレールーのありかを教えてくれた。

「あら、本当だわ」

見覚えのあるカレールーのパッケージが数種、甘口、中辛、辛口に分かれて並べられている。しかし甘口の陳列数がやたらと多いところを見るに、あやかしにはやはり甘口の方が売れるのだろうな。

「以前葵さんが隠世へと戻って来た際、振る舞ってくれたカレーライスはとても美味《おい》しかったです」

「あはは、あれはカレールーが美味しいの。誰が作ってもある程度美味しくできるように出来ている優れものなのだから」

「でも、大旦那《おおだんな》様も褒めておられましたよ。カレー味のおにぎりも美味でしたし……買っておきましょうよ。今後カレーのメニューは加えたいところですし、私も食べたいです」

銀次さんはやたらとカレーを押す。

そう言えば、隠世ではお米を使った異界の料理が流行《はや》る傾向にあるから、カレーライスをメニューに加えたいと、前々から銀次さんは言っていた。

以前作ったカレー味のおにぎりへの食いつきも良かったし、これは……

「ねえ、私、少し気になっていたんだけど、銀次さんってカレーが好きなの？」

「え」

銀次さんは少し固まる。耳と九尾をぴしっと尖《とが》らせて。

「あ、いや、私は……葵さんは……カレーがお好きなのかなと思って……いえ、私も好きですけれどね」

「え？　勿論《もちろん》、好きな料理の一つではあるけれどね。親の手料理と言えばカレーライスだって思うし。そういう家庭の味は好きだわ」

「そうですか……まあ、確かに誰だって、母の作る料理は好きですよね。カレーライスのみと言わずに」

「…………」

私は親と言ったのだけれど、銀次さんは母と言った。

料理を作るのは母親と言うイメージで言ったのだろうか。

「でも、そうね。ここなら食材も手に入るみたいだし、カレー用のスパイスと、オリーブオイルがあると、ルーが無くとも手作りのカレーが出来るわ。バターは取り寄せたのがあるし……うん、良いかも。ここで買っておいて、今度作りましょう」

言い様の無い引っかかりはあれど、私はそれに気がつかれない様振る舞った。必要な材料、調味料等も、傍の棚で見つけて、ぽいぽいと籠に入れる。

「あ、強力粉と薄力粉、発見」

また裏側の棚で、お目当ての小麦粉類を見つける。どうやら、パン作りの為のコーナーが特設されているようだった。

「小麦粉は何かと必要だしね。それに私、パンを焼けたらなと思っていたのよ。あ、ドライイーストもここにあって良かったわ」

「葵さん、パンが焼けるのですか？」

銀次さんが仰天していた。そんなに驚く事でもないと思うけれど、隠世はやっぱりパンを食べる習慣が無いから、ハードルが高く感じられるのかしら。

ドライイーストの小さな箱をぽいと籠に入れながら、私は得意げな顔をした。

「あら、私、パン作りには結構自信があるのよ。おじいちゃんは主に和食派だったのだけど、私は一時、パン作りに凝っていた時期があったのよね。高校生の頃だったかしら……」

祖父はパンなんて邪道だとか、時代錯誤も甚だしい事を言っていたけれど、高校生の頃の私はパンに憧《あこが》れを抱いていたのよね。

おそらくなかなか食べられなかったからだと思う。制限されると、無性にそれに憧れるというのは、誰にだってある事だと思うわよ。

食べ盛りだったのもあり、学校帰りにこっそりパンを買い食いしていた。そのうちに、図書館でパン作りの本を借りて、自分で作ってみたいと思ったのだった。

祖父の留守を見て、家のオーブンでパンを焼いていたっけ。失敗を繰り返しながら、徐々に上手《うま》く焼けるようになった。結局祖父にバレて喧嘩《けんか》になったのだけど、最後はしぶしぶ、パン作りを了承してくれたのだった。

そのうちに祖父はパンを好きになってくれた。もっと作れと催促する程には。

「夕がおにも大きな焼き釜《がま》があるでしょう？　あれを使ってパンを作ったら絶対に美味しいと思うのよねえ……。銀次さんが乳製品の手配をしてくれたから、バターは良いものがあるじゃない？　結婚記念日のお食事に、美味しいバターロールを出せたらなと思って」

「なるほど。さっそくあれらの乳製品が生かされるわけですね。嬉《うれ》しいです」

前に、牛鬼が営む牧場から生クリームやバターを仕入れる手配を、銀次さんがしてくれた。あのおかげで、定期的にそれらが手に入り、作れる料理の幅も広がったのだ。

「あ、葵さん葵さん、あちらを見てください」

生鮮コーナーで必要な野菜を手に入れた後、銀次さんがまたとんとんと肩をつついて、ある一角を指差した。

それは異界の酒が揃う、館内の開けた酒屋だった。

「わー、色々なお酒が揃っているのね」

ワインもあれば、ビールもある。発泡酒や第三のビールまで……あ、缶チューハイも。

現世ではよく知られるメーカー品や、ウイスキーやウォッカなどの、外国のお酒もずらり。安い酒から年代物まで。飲酒用もあれば、料理用もある。

ビーフシチューには赤ワインが必要なので、ちょうど良いものを選んだ。

「異界の酒、良いですねえ。私も個人的に買ってしまいそうです」

「銀次さんって、お酒が好きなの？」

「お酒好きですねえ」

銀次さんはお酒の陳列棚を見上げて、しみじみ語った。

「隠世の酒も、オロチの営む酒造のものなどとても美味ですが、異界の酒も興味がありますね。ビールは好きですよ、私」

「へえ、オロチがお酒造ってるの、ここでは」

やはり私は、まずそっちが気になった。

銀次さんとビールの組み合わせはイメージが湧かないけれど、今まで以上に生き生きと品物を見ているあたり、銀次さんは本当にお酒が好きなんだろうな。

「私はつい最近二十歳になったばかりだから、お酒デビューはまだしていないのよね」

「え、葵さん、お酒を飲んだ事が無いのですか？」

「お料理で使う事は多々あるけれどね。日本じゃあ、お酒と煙草は二十歳からって法律で決まっているのよ」

私は至って当たり前の事を言ったつもりだったのだけれど、銀次さんの驚愕《きょうがく》の表情ときたら。隠世ではお酒を飲む年齢に制限は無いのかしら。

「なっ、ならば、今度一緒に酒盛りをしましょう。大旦那様も交えまして、葵さんの飲酒デビューを華々しく祝いたいです！」

銀次さんは張り切って申し出た。

「銀次さん……私の飲酒デビューにかこつけて、ただ飲みたいだけなんじゃ」

「まさかまさか、そんな。……と言う訳で、葵さんが親しみやすい異界のお酒を沢山買いましょう。ビールとか。あ、心配しないでください、私の個人的な買い物ですから」

「………」

異界のお酒を買う理由を、見つけちゃったと言うところだろう。

自腹でも買いたいだなんて……あ、銀次さんのもふもふの九尾が勢いよく揺れているあたり、感情がだだ漏れだ。

でもまあいいか。せっかく銀次さんがこんなに嬉しそうなのだし、きっかけが無いと、私もいつまでも飲まないだろうし……

「初めてで強いお酒は危険と聞いたわ。あ、でも実はワインが気になるの私……」

また、祖父が酒飲みだった事もあり、お酒とお料理の組み合わせには興味があった。

お料理を美味しく食べる為のお酒、またお酒を引き立てる為のお料理を知ると言う事は、今後夕がおを営む上でも大切な事のように思う。

日本酒や焼酎《しょうちゅう》も実は凄《すご》く気になるのだけど、初めてのお酒はちょっとした恐怖もあるなあ。

「ん？　あれ、常世産《とこよ》？」

あれこれ目移りしていると、常世産と札に書かれた酒を見つけた。酒瓶は古くさく趣があり、現世《うつしよ》のものとは思えない。不思議な文字が瓶に書かれている。

「ああ、それは常世のお酒ですよ。やまなしのお酒です。甘くて美味しいので、隠世でも人気ですね」

やまなしのお酒という響きにも惹《ひ》かれるけれど、それよりも気になる常世という単語。

「常世とは、現世でも隠世でもない、他の異界です。現世ほどではありませんが、常世との行き来もそれなりにあるのです」

銀次さんは私の困惑の表情を察して、説明を加えた。

私は初めて、現世と隠世以外の異界の産物を目にした事になる。常世っていったいどのような世界なのかしらね。


さて、すっかり異界珍味市に魅了され、長居してしまった。

とても満足している。だって、必要なものは全部揃ったから。

異界珍味市を出て、再び海岸沿いの大通りを歩いていた。異国情緒溢《あふ》れるレンガの道は、ある境目から、また隠世らしき和風の石畳に変わる。

天神屋の小型宙船《そらふね》「稲葉丸」が、この付近の船だまりまで来てくれていた。私たちは大通り沿いにある船だまりへの階段を下り、沢山の荷物を稲葉丸に積み込んだ。

「さて。葵さん、少し疲れたでしょう？　どこかで食事でもして帰りましょう」

「そうね、すっかりお腹が空《す》いちゃったわ。ここでは何が食べられるの？」

「海の幸なら何だってありますよ。港町ですからね……」

船だまりから再び大通りに上がり、銀次さんは上がってきた方向を振り返り、目前に広がる海を見据え、その潮風に銀の髪を揺らした。私も同じ方向を見る。

どこまでも青く広大な海。この海の向こう側にはいったい何があるのだろう。

「海は良いですね。私、しばらく南の地に居たので、海を見ると少し懐かしくなるのです」

「銀次さん、南の地に居た事があるの？」

「ええ。前にお話しした事があると思うのですが、私は以前別のお宿で働いておりました。南の地にある折尾屋《おりおや》というお宿です。綺麗《きれい》な海と浜辺を一望できる、良いお宿でした」

「………」

遠くを見つめる銀次さんの瞳《ひとみ》は、いつもより少し陰って見えた。

その話は、以前銀天街で、大旦那《おおだんな》様と銀次さんと共に食事をしていた時に、少しだけ聞いたことがある。

そっか。銀次さん、南の地で働いていたんだ。

海を見て懐かしく思っているのかな……

「南の地、かあ。そう言えば、薄荷坊《はっかぼう》さんが身につけていたあのお面も、南の地のものだと言っていたわね……」

南の地って、いったいどのような場所なのだろうか。

風が、銀次さんの見つめる方へ、強く引き寄せられている。

海の、遥《はる》か彼方《かなた》へ。

……………リン

その時、風に紛れて、一際印象的な鈴の音を聞いた気がした。

一度人通りの多い方を振り返る。商店街に沿った、人の込み合った流れの中で、その一点だけまるで時間が止まっているかの様に、静かに佇《たたず》む金色を見た。

「……あ」

目を大きく見開く。静寂を纏《まと》い、佇んでこちらを見ていたのは、金の髪を持った少女。

以前夕がおを訪れた、座敷童《わらし》の少女だと思ったからだ。

その子は白い日傘をさしていた。目元は日傘に隠れていたけれど、チラリと見えた赤い紅をさした口元は、美しく弧を描く。

人ごみの雑音は遠のき、ざあざあと、押しては返す落ち着いた波の音と、少女の元から否応《いやおう》無く届く鈴の音色だけが耳に残る。私はすっかり翻弄《ほんろう》されていた。

少女はこちらに背を向け、走って立ち去ろうとする。

「待って、危ない！」

私は十字路に飛び出した少女を、追いかけていた。

なぜ、彼女を追いかけなければと思ったのだろうか。

勿論《もちろん》、理由はあった。町中を金持ちのものらしきごてごてした牛車《ぎっしゃ》が、この人ごみの中どうどうと走っていて、少女はそこへと飛び出したからだ。

だけど本当のところは、体がそう動くようにと、何か別の力によって働きかけられたように思うのだ。まるで、空から垂れる糸によって、手足を操られたかのように。

今にも消えてしまいそうな金の細かな鱗粉《りんぷん》は、残り香の様に尾を引いて、私を誘う。

「葵さん！」

銀次さんが私の名を呼んだ。駆け出した私を追いかけて、手を伸ばしてくれたのは分かるのに、私の足は止まらなかった。

「……え？」

私が少女に追いついた所で、目の前の色が変わる。

いったい、何が起こったと言うのだろう。

周囲は真っ暗で、先ほどまでの景色とはほど遠い。海も、市場も、レンガ造りの建造物も無い。飛び出したはずの十字路も、私たちを轢《ひ》きそうになった牛車も無い。振り返っても、銀次さんはおろか、賑《にぎ》わいを見せていたあやかしも誰もいないのだ。

小さな少女の笑い声は、すぐ背後から聞こえた。

「ふふ……少し、おねむり」

たった一言、耳元で囁《ささや》いた。

目の奥に、まるで刺繍《ししゅう》されるがごとく浮かび上がったのは金の花模様。

少女の存在がすぐ背後に感じられるのに、ふわりと小さな手が私の目元を隠したかと思ったら、甘いあずきの匂いが鼻をかすめ、私はもう、意識を保ってはいられなかった。


雨音が聞こえる。

目を覚ました時、私は暗い場所に居た。いや、暗いのだけれど、あの少女によって導かれた暗闇とは違い、ここは現実感のある暗闇だと思った。

何だか生臭い。海の匂いだろうか。潮っぽい匂いが充満していた。

「あいたっ」

動くと何かにぶつかった。恐る恐る触れてみると、大きな木箱のように思う。

ここは、どこだろう。手探りで周囲を確認してみると、壁と床は土っぽい手触りだ。

「これは……やってしまったかもしれないわね」

情けない声が出た。大旦那様にあれだけ、あれだけ銀次さんの元を離れてはいけないと言われたのに、体は勝手に、あの少女を追いかけていた。

あやかし特有の幻術だったのだろうか。まんまと、このような場所に閉じ込められた。

そもそもあの少女は、いったい何者だろう。

「どのくらい、気を失っていたのかしら」

銀次さんは無事だろうか。今はいったい、何時なのだろうか。

私はどうなってしまうのだろう。

嫌な考えに囚《とら》われたく無くて、またごそごそと動き出した。出口らしきものでも見つけられればと思ったが、立ち上がると天井は思いのほか低くて、手を伸ばせば天井に手がつく。

「誰かっ、誰か居ないの⁉」

壁や天井を叩《たた》いて叫ぶも、その声はこの暗い空間に反響するばかりで、返事をくれる者など居ない。

「あ、そうだ天狗《てんぐ》の団扇《うちわ》」

背中にさしていた天狗の団扇で、とりあえずこの場所をはちゃめちゃに扇《あお》いでやろうと思ったけれど、背中の団扇は無くなっている。

「うそ……」

へなへなと座り込んだ。私をここへ閉じ込めた奴は、私が天狗の団扇を持っていると言う事を知っていた様だ。

それに、とてもお腹が空いている。何も食べずに捕まってしまったからね。

荷物も全部天神屋の船に載せてしまった。

「…………嫌だなあ」

空腹は嫌だ。暗く狭い、出る事の出来ない場所は嫌だ。

それはまるで、予感のように忍び寄る、過去のトラウマだからだ。

「いや、へこたれるにはまだ早いわ。きっとここは物置よ。だいたい捕らえて閉じ込める場所って言ったら牢屋《ろうや》か物置って相場が決まっているのよ」

もう一度、ゆらりと立ち上がる。だんだん周囲の暗さに慣れて来た。

一番傍にある四角い箱を倒したり、細長い何かを手に取り振るったり、とりあえず破壊行動に出る。それが何なのか全く分かっていないけれど。

がしゃん、とか、どしゃあ、とか、耳障りな音が続いた。ちょっと危ない事をしているかしら。いやでも、ここにずっと閉じ込められているよりマシだ。

「おい、モノを壊すんじゃねえよ！　お前本当に人間の女か⁉」

「え？」

やがて、天井から声が聞こえた。おそらく犯人側の者である。

この破壊行動を察して、慌てて声をかけたというところか。

「そこに誰か居るのね！　私をこんな所に閉じ込めて、ただじゃおかないわよ！」

閉じ込められているのはこちらだと言うのに、脅しを試みる。犯人は「うぐ」とあからさまに怯《ひる》んだ声を上げたが、すぐに「お、お前に何が出来る！」と強気の返事をした。

うーん、何だろう。何だか小物っぽい。

しかも凄く聞き覚えがある気がするのだけれど……

「あんたいったい何者なの！　私を捕まえてどうするつもりよ!!」

「はん。お前には二晩ほど、ここに居てもらうぜ。妖王家夫妻の結婚記念日が過ぎるまでな！」

「……はあ？」

何だそれは。相手の目的がよくわからない。

「ちょっと、私を殺そうって言うんじゃないの？」

「は？　お前を殺してどうする。そりゃあ、お前みたいな人間が良い気になっていて、目障りで仕方ないし消えてもらいたいところだがな」

「…………」

「おっと、そろそろ帰んないとな。夫妻の結婚記念日が無事に過ぎたら、お前をここから出してやる。天狗の団扇も、何もかも終わったら返してやるよ。じゃあな」

「は、はあ？　ちょっと待ってよ！　二日もこんな所に放置するつもり!?　ふざけるんじゃないわよ!!」

天井を叩きながら叫んでも、もう返事は無い。誰かが居る気配も無い。

「ちょっとお……人間をあやかしと同じものだと思わないでよね……」

人間、二日も暗い場所に閉じ込められて、耐えられるほどタフじゃない。
青ざめながら、またへなへなと座り込んだ。

幕間【二】

「大旦那様、本当に東の地へと赴かれるおつもりか」

葵君《あおい》の失踪《しっそう》の知らせを受け、大旦那様は妖都の宮中からそちらへ向かう決定をした。

宮殿敷地内に存在する、天神屋《てんじんや》所有の空中楼を出て、宙船《そらふね》を繋《つな》いでいる宮殿上階の停泊場へと向かっているところだ。

「白夜《びゃくや》……後の事は任されてくれるね」

大旦那《おおだんな》様は、後ろについている私、お帳場長の〝白夜〟に、声をかけた。

「……それは当然、この場は引き受けよう。しかし八葉の一角が夜行会に出席されないとなると、うるさい輩《やから》も居るだろう」

私は僅《わず》かに視線を横に流し、今後の憂いを含め述べる。

大旦那様は私に大役を任された。それは大変名誉な事ではあるが、今夜の会合の意味を知らない私ではないからだ。大旦那様も、それはよくよくご存じのはずである。

「葵君の失踪は、もしかしたら、彼女自身による行動かもしれない。天神屋から逃れるきっかけを、狙っていたのでは」

一つの可能性を言ったまでであったが、大旦那様は振り返る事も無く「それは無い」と即答した。

「逃げようと思っていたのなら、以前現世《うつしよ》に戻った際、いくらでも逃げられただろうからな。それに、葵は実に義理堅い娘だ。そこだけは、史郎《しろう》とは正反対の性格と言えるだろう。あれは、かつてあやかしに命を救われた恩がある故に、あやかしを裏切る事は出来ない」

「……そこまで信じておいでなら結構だ。しかし、それならばなぜ、葵君の外出を許可されたのか。若旦那殿がついていると言っても、彼女を狙う者は数多くいると言うのに」

大事ならば外になど出すべきではなかった。

だが大旦那様は彼女の外出を許可したのだ。

「葵は籠《かご》の鳥かい？　僕は葵を束縛したい訳ではない。そう、彼女はいずれ僕の花嫁となる。故に……隠世《かくりよ》を知らなければならない」

いくつもの施設を繋ぐ空中廻廊《かいろう》に出ると、強い風で大旦那様の纏《まと》う天神屋の羽織が翻った。丸天を背負うその出《い》で立ちは、この隠世の大妖怪《ようかい》たるに相応《ふさわ》しい。

「花嫁殿に何かあったのなら、それを救うのは夫の役目だ。幸い僕が無茶をしても、それを補ってくれる有能な部下は多い」

「……はあ。もう何も言いますまい。最善は尽くそう」

大旦那様の、分かっているねと言わんばかりの視線に、流石《さすが》の私も折れた。

扇子を開き、扇ぎながらも口元を隠す。

「はは。白夜は本当に頼りになる。八葉は強者《つわもの》ぞろいだが、お前には世話になった者も、頭の上がらない者も多い。長生きとは得だな。その分武器がある」

「人ごとのようにおっしゃるな。……ほら、さっそくあちこちで噂されている」

「流石は白沢《はくたく》。その九眼は何もかもお見通しだな」

大旦那様は暢気《のんき》な口調だが、中庭を挟んだ反対側の廻廊から、これみよがしにこちらを観察する者たちがいた。

あれは、八葉の一角を担う、小豆洗いの〝大湖串製菓《だいこくし》〟か……

他にも、数え上げるのが面倒なくらい、陰からこちらを注視している者たちがいる。表向き良い関係の者、表向きでさえそうでない者も。

そして……

「よお、〝天神屋〟の大旦那」

目前の通路先で待ち伏せていたのは、白い能面を身につけた、鮮やかな赤毛と、同じ色の立派な尾を持つ男。傍に同じ能面を身につけた小柄なお付きが一人控えている。

「〝折尾屋《おりおや》〟……乱丸《らんまる》か」

前に立つ赤毛の男は、南の地の八葉〝折尾屋〟の狛犬《こまいぬ》、獣王乱丸と名高い男である。

折尾屋と天神屋は、長年商売敵の関係にある老舗《しにせ》宿同士だ。

今でこそうちの若旦那殿であるが、銀次《ぎんじ》殿がかつて、そのたぐいまれな営業企画力という名の猛威を振るった大旅館でもある。

故にお互いの関係は最悪で、因縁は幾重にも重なり合っている。

「どこへ行こうって言うんだ天神屋。もうすぐ夜行会は始まるぜ」

「……夜行会には白夜を残す」

「何だと？　それはお前、八葉の一人のくせに夜行会に出ないってことか？　はっ、天神屋はいつからそんなお偉い立場になったんだ？」

「……そうは言っても、僕には向かわなくてはならない場所があるのでね」

お互いの探り合いは、正反対の口調と態度で交わされる。

乱丸殿の雄々しい態度とは裏腹に、大旦那様の声音はどこまでも落ち着いていた。

「おいおい笑わせるなよ。八葉が夜行会に出席しないなんて前代未聞だぜ。お前は八葉の座を放棄するつもりでいるのか？　……くく、しかしその慌て様。何か問題でも発生した、という様子だな。この俺に詳しく教えてくれよ」

「失礼する」

大旦那様は特別相手にする事無く、すっと乱丸殿の脇を通り過ぎた。私もまた、横目に折尾屋の連中を見送る。彼らもまた、これ以上声をかけてくる事は無かった。

八葉同士とは、一言では言い表せない関係で、形勢は複雑だ。

このやりとりをこそこそ覗《のぞ》き見している奴らは多いだろう。

足の引っ張り合いはよくある事で、それが直接、経営に影響を及ぼす事もある。

故に、探り合うのだ。

奴らを陥れる隙が無いかなと、機会をうかがいながら。

「では大旦那様。いってらっしゃいませ」

停泊場にて、着物の袖《そで》を合わせ、深々と頭を下げて大旦那様を見送る。

宙船〝天神丸《てんじんまる》〟は、その名を掲げるに相応しい巨大な船であり、丸天の帆は風を受け、勇ましく膨らんでいた。

「……さて」

ここは隠世の妖都。宮中である。

かつて私は、この場所で役人として成り上がり、数多くの妖王家の方々の教育者として仕えてきた。

後に天神屋のお帳場長となるわけだが、宮中であれば私に出来る事もあるだろう。

愛用の扇子をぴしゃりと閉じて、口元に当て謀る。

厄介で陰険なあやかしたちの揚げ足取りを、出来る限り払いのけねばなるまい。

第八話　妖老夫妻の結婚記念日

あのあやかしが最初に私の前に現れたのは、確か、母が帰ってこなくなって三日目の夜だった。

「……だれ？　私を食べに来たの？」

「…………」

「きっと美味《おい》しくないよ。だって痩《や》せっぽちだもの」

もう食べるものも無くて、動く気力も無くて、冷たいフローリングの上に転がって、部屋の隅っこの暗い場所を見ていた。そこに、見知らぬ能面のあやかしがいたのだ。

幼い頃から、あやかしを見ていた。

あやかしは私の母と違い、私をとても興味深く観察する。

私を食べたいと思っているのも、沢山の経験からすでに知っていた。あやかしが私に近づこうとするたびに、周囲では奇怪な事が起こり、あやかしの見えない者たちを恐怖させてきたからだ。

私が迷惑ばかりかけるから、お母さんは、私の事が嫌いになってしまったのかな。

私がいなくなれば、お母さんは喜んでくれるかな……

『怖く無いのかい』

暗い場所に潜むあやかしは、低い声で私に尋ねた。

『助けを呼ばないのかい。泣き叫ばないのかい』

それらは幼い子供と言わず、あやかしを見た者が当然のごとくする行為だ。

「大丈夫、ぜんぜん怖く無いよ」

だけど私はまだほんの幼い子供でありながら、おそらくとても淡白な瞳《ひとみ》で、そのあやかしを見据え答えた。

「……だって……どうせもうすぐ死ぬんだもん」

悟ってしまえば、怖いものなど何も無い。

むしろ、ずっとここから居なくなる事を望んでいた気さえする。

「何だかとっても苦しいの。悲しくて、痛くて……わかんない。もう」

『…………』

だけど一人は寂しい。すぐそこにいるあやかしだけが、唯一私にとって寂しさを紛らわせる存在で、それが幻想のように消えてしまう事の方が、よほど嫌だと思っていた。

しばらくあやかしは、暗がりからじっと私を見ていた。

私を食べようともしない。白い能面を着けていて、顔も姿もまるで分からない。

やがてあやかしは、その陰から手を伸ばし、放り出された私の小さな手を、一瞬戸惑いを見せつつ握りしめた。その瞬間、少しピリッとした痛みを感じた。

なぜ痛かったのかな。

それは、まだ自分が生きているのだという実感でもあった。

『大丈夫だ、もう何も怖く無いよ』

あやかしは繰り返した。さっきの私の言葉を。

だけどその言葉には、正反対の続きがある。

『なぜなら君は、死なないから』

○

「……ん」

手の甲にぽつんと雨水が垂れてきて、私は目を覚ました。

膝《ひざ》を抱えて、眠っていたみたいだ。

頭が痛い。あの夢の続きを見てしまったからだろうか。途切れ途切れに思い出されるあの頃の記憶。今回は、交わした会話をも、ほんの少しではあるけれど思い出した。

あの夢が私に伝えたい事って、いったいなんなのかしら……

大きな疲労感がある。だけど、目を開けても事態はいっこうに変わっていない。

「やっぱり私は、ここに居るのね」

はあ、とため息をついて顔を上げた。

捕まって、どれくらい経ったのだろう。ぽつぽつと、雨が天井から漏れて落ちる。

「この寒さはきっと雨だからね」

それと、体が少し濡《ぬ》れているからだろう。雨漏りがしていて、寝ている間に着物に雫《しずく》が垂れて染み込み、湿っている。

いや、それだけではない。雨が降って染み込んだ場所がとても冷たい。凍り付く程ではないが、床に手を当てると、その冷たさはいっそうよくわかった。

まさかここ……本来は冷蔵庫的な場所なんじゃ……

嫌な予感がした。先ほどまで平温だったその部屋が、徐々に寒くなっている気がする。まるで、今まで切っていた冷蔵庫の電源を、入れたかのように。

「あ……」

ぽうと、胸元に温かみを感じた。そう言えばと思って、胸に下げて着物の下に入れていた、あの石のペンダントを取り出す。

「大旦那《おおだんな》様に貰《もら》ったんだったわ……温かい」

石の中でゆらゆらと揺らめく緑色の炎。

とても温かくて、それを握りしめているだけで少しばかりの慰めになる。

暗い中一人で居ると、本当に気が滅入りそうだ。

ゴロゴロ……

ドキッとしたのは、雨音の中で、体に響くような雷の音が聞こえたからだ。

「ちょ……ちょっと、開けてよ」

立ち上がり、天井に向かって声をかけてみた。私には、雷に対する焦りが強く湧き起こっていた。だがどんなに天井を叩《たた》いても、返事は無い。

やがて強い雨が降り始めたようだ。まるで嵐にも近い、豪雨なのではないだろうか。雷はどんどん近づいて来て、激しい雷鳴《らいめい》を轟《とどろ》かせる。

まずい。これはまずい。冷たくなった体が、更に震えた。

ぺたぺたと天井を探ると、岩の壁のようになっていて、所々に隙間があるようだった。隙間をなぞって調べると、それは四角い形をしていて、扉のようになっている。ただ押しても全く動かない。きっと重い扉に違いない。

「わっ」

岩の割れ目から水が流れ込んできた。今までの雨漏りとは違って、少々勢いがある。

「これは……酷《ひど》いわね」

心臓がどくどくと鳴る。このままではという嫌な予感がしたのは、流れ込んだ雨水が一気に冷やされ、足下を浸したからだった。

こちらがオロオロしているうちに、水は勢いを増してこの狭い空間に入り込んでくる。

それでも、何が起こっているのかよく見えない。

足下から水に浸《つ》かる、体が冷やされる、その感覚はまさに恐怖を抱くもの。じわじわと、私の命を奪いにくる、寒さと暗さと、孤独。空腹……

状況は全然違うのに、とても似ている気がした。幼い頃の、あの一週間と。

「出して！　ここから出して‼」

力の限り叫んだ。漏れ入る水を浴びながらも、水でより重みを増した着物の袖を捲り上げ、拳《こぶし》に力を込めて、天井を叩いた。

だけどやはり石の扉は、びくともしない。豪雨の音は、簡単に私の声をかき消した。

歯を食いしばる。全てを一度諦《あきら》めた、幼いあの時とは違う。

私にはやるべき事がある。それが仮令《たとえ》、理不尽な目的であろうとも、私はそれを野望と決めたのだ。野望があれば、人はそれを目指して生きていけるから。

「……きゃあっ」

だけど豪雨の猛威は、私の強がりなんてあっさりと砕く。漏れ入る水の勢いが少し引いたように思った直後、またドッと水が入り込んできた。その水流に負け、私は腰元まで迫っていた水の中に押し倒される。

いったいどこに、こんなに水が入る隙間があったというのだろう。

起き上がろうともがいたけれど着物がとても重いのだ。冷えたせいで体力も奪われ、上手《うま》く起き上がれない。

息苦しい。暗い。冷たい。とても恐い……

「……？」

意識が朦朧《もうろう》とする中、ぼうと光る何かを見た。それは淡い緑色で、まるで蛍のように目の前をゆらゆらと揺らめいていた。

力を振り絞り、手を伸ばす。温かい何かが欲しくて。

「葵《あおい》!!」

緑色の光を手にした時、私の腕が強く引き上げられた。

私の名を呼ぶ声は、ちゃんと耳に届いている。あれ、でもこの声って……

「葵、無事かい」

声は私を強く抱き寄せた。何だかとても温かい。

ずっと欲しかった温かな存在だ。

「大丈夫だ、もう何も怖く無いよ」

ああ……私はきっと、あの夢の続きを、また見ているんだ。

最近、何かとあの夢を見ている気がする。あやかしが私を助けてくれた、あの夢を。

確かにその声は、あのあやかしのものだと、この時の私は思っていた。

「…………」

でも、意識の狭間《はざま》で見たのは、私を抱える黒髪の鬼の、切実な顔だ。

知っている誰かに似ている。これは……大旦那様……？

ああ、真っ暗だった世界の高い所から、ぼんやりとした暖色の灯《あか》りが漏れ入る。

何だろうこれ。もしかしたら、お迎え？

私を抱きかかえる誰かの肩越しに、遠くに浮かぶ灯りの中で、おじいちゃんの皮肉な笑みを見た気がしたのだった。

ぱちっと目を開けた時、見えたものはあの狭い地下の物置の暗闇……では無く、格縁《ごうぶち》で区切られた天井板だった。

「……私、死んだのかしら」

どこまでもそれを信じていた。しかし、私の顔を覗《のぞ》き込む、たれ目の仲居とちょっと化粧がキツめな仲居のせいで、ここはよく知る場所だと察する。

夕がおだ。夕がおの奥にある控え室。私の生活空間とも言う。

「あ、葵ちゃんが起きた」

「あらまあ、やっぱりあなたって、悪運強いのね。人間のくせにそれなりに頑丈に出来ていること」

そんな事を各々に言っている。春日《かすが》とお涼《りょう》だ。少しの間ぼんやりと、二人の顔を交互に見ていた。

そのうちに自分の状況を思い出して、じわじわと目を見開きつつ、ガバッと起き上がる。

「……っう」

「あ、葵ちゃん、まだ寝ていた方が良いよ。凄《すご》く衰弱してたんだよ！」

起き上がった瞬間、ふらついた私。それを春日が支えてくれた。

「ねえ、私はいったいどうなったの？　今はいったい、いつなの？」

慌てて尋ねる。血相を変えた私を見て、二人は顔を見合わせた。

「葵、あなた昨日、東の地まで行ったのは覚えているでしょう？　今は次の日のお昼過ぎ。午後二時ってところ」

「に……っ」

言葉を詰まらせて、私は掛け布団を握りしめた。

「い、急がなきゃ。ご夫妻の結婚記念日のお祝いの準備……もう時間が無いわ」

お涼は「はあ？」と眉《まゆ》を寄せた。

「あなたそれどころじゃないでしょう。自覚が無いみたいだけど死にかけたのよ？　大旦那様が助けてくれなきゃ、今頃どうなっていた事か」

「……え……？」

「若旦那様から妖都に居た大旦那様に連絡が行って、大旦那様ったら八葉の夜行会を欠席して、あなたを助けに行ったのだから。それって凄く大変な事よ」

「…………」

大旦那様が、私を助けてくれたの？

ならあの水の中、腕を引き上げてくれたのは、やっぱり大旦那様だったんだ。

あの時は意識が朦朧としていて、夢と現実が曖昧《あいまい》になっていた。大旦那様を見たような気もしたし、おじいちゃんを見たような気もした。

何より、かつて自分を助けてくれたあやかしの面影を、あの時……

「葵ちゃんを鮮魚市場の古い地下蔵に閉じ込めた犯人、誰だか分かってる？」

「え？　いや……声だけは聞いたんだけど」

あの地下蔵の天井から聞こえた声は、誰かの声だと判断できるものでは無かった。

「びっくりだよ。うちの厨房《ちゅうぼう》の、見習いダルマたちだったんだ」

「え？　そうなの？」

言われてみれば、語り方が奴らのイメージと重なった。なぜそのとき思い出せなかったのだろうか。捕われた時の状況があまりに不思議で不確かで、あの小学生レベルの悪戯《いたずら》を繰り返していた見習いダルマたちを連想できなかったのだ。

「見習いダルマたちは東の地の港で若旦那様に捕まって、今は尋問中だよ。きっと、王族家の夫妻の結婚記念日のお料理が、葵ちゃんに任された事を妬《ねた》んでいたんだ。見習いダルマたちは、板前長の面子《メンツ》のためとか言ってさあ」

春日は「酷い話だよ」と腕を組んで、カンカンに怒っている。

「しかも保冷機能付きの地下蔵に閉じ込めてさ！　魚介の鮮度を保つ為の蔵だよ！　もう使われていないおんぼろの蔵だったらしいけど、雨水が流れ込んだせいで残っていた氷柱《つらら》女の氷が誤作動して、保冷機能が入ってしまったんだって。見習いダルマたちはそんなつもり無かったって言っているらしいけれど、どうだか。葵ちゃん、体温奪われて危ないところだったんだから！」

流石《さすが》は情報通の春日。詳しく教えてくれた。

なるほど。あの場所は保冷機能のある蔵だったのね。道理で、雨が降り始めた後から急激に寒くなったはずだ。

「あやかしならなんて事無かったでしょうけれど、人間の娘はひ弱だからね。その程度の寒さでもぽっくり逝っちゃうものねえ」

お涼はまあ、春日ほど感情的に語る事は無い。自身も私の命を狙った経験があるからか、責任の追及が飛び火しない様、多くを語らず遠くを見ている。

ふわりと自らの体から薬草の匂いがした。

それが気分を少なからず落ち着かせてくれる。

誰かが私の体を、綺麗《きれい》にしてくれたみたい。あんなに濡《ぬ》れていたのに、今では髪まですっかり乾いている。

私は一度大きく深呼吸をして、状況を頭の中で整理しようとしていた。

「私が寝ている間に、色々な事があったのね。ねえ、大旦那《おおだんな》様たちは、今どこ？」

「え？　本館の最上階の会議室だよ。ほら、葵ちゃんが前に濡れ縁《えん》から飛び降りようとした……」

「私、行かなくちゃ」

すっかり寝巻きの白い浴衣姿だが、そのますくっと立ち上がり、この部屋を出る。

夕がおの厨房には、昨日買った食材が置かれている。今夜のおもてなしの準備がとてもとても気になるけれど、まずは大旦那様の所で確認をしなければ。

「ちょ、ちょ、ちょっと葵、お待ちなさいな」

ずんずんと進む私を追いかけ、お涼と春日が後をついてきた。

それでも私は二人を振り払うように、渡り廊下を渡って、本館に入る。

従業員やお客の目も気にせず、とにかく最上階まで上って、大旦那様たちの居る広間の前までやってきたのだった。

声がする。その会話が気になって、私は襖《ふすま》の前で耳をそばだてた。

「大旦那様っ、オイラたちが勝手にやったことです！」

「そうです！　板前長は何にも関係ありません」

「オイラたちはただ、板前長に、今回のお料理を作って欲しくて……っ、だって、あんな人間の小娘より、絶対に美味《おい》しい料理を作るのに‼」

泣き叫ぶような声が聞こえる。

「ばかやろう！　お客様が求めたのは史郎《しろう》んとこの嬢ちゃんの料理だ。こんな大事引き起こして、わしの料理が美味しく食えるか‼」

ガツンガツン、と、何だか大きな音がした。これはげんこつが落ちた音だな。

「大旦那様、こいつらの責任はわしにある。七夕まつりの前で忙しくしていたとは言え、わしが監督不十分だったせいで……史郎んとこの嬢ちゃんを酷い目に遭わせちまった。わしはもう天神屋《てんじんや》にはいられねえ」

「板前長……」

「こいつらの事、許してやってくれとは言わねえ。でも、死ぬ程痛い、酷《ひど》い罰は与えねえでやってくれ。馬鹿な奴らだが、わしのためにやってくれた事だと言うのは分かるんだ。……わしが、ここの板前長を辞める。天神屋を出て行く」

私は板前長が天神屋を辞めようとしているのを理解して、凄く慌てた。

凄く慌てたついでに、襖をガラッと開ける。

「だ、ダメよそんなの!!」

思わず大声を出した。部屋の中には、大旦那様と銀次《ぎんじ》さん、板前長のごついダルマと、頭にたんこぶを作った三人の若いダルマがいる。というか本当にダルマと化している。

いつもは丸頭で赤ら顔の人間風の姿なのに、今ばかりは、この三人組はスイカ大の丸いダルマ姿で、大妖怪《ようかい》たちを前に震えていた。

「葵、もう大丈夫なのかい？」

「ええ大旦那様。私はこれで人間の中ではタフな方なのよ。あやかしの嫌がらせなんて今まで十分受けて来たからね」

ずかずかと部屋に入って、大旦那様に訴える。

「板前長が天神屋をやめるなんて、ダメだからね」

「……ほお。それはいったい、どういう了見だね葵。自分を危機に陥れた者たちを、庇《かば》うとでも？」

「はあ？　そんな馬鹿なことするはず無いでしょう！　だってこのまま板前長がやめたら、私が天神屋の会席料理を、食べられないままじゃないのよ！」

「……………」

大旦那様は私の言葉がいまいち飲み込めなかったのか、若干眉根《まゆね》を寄せた。この場の、他のあやかしたちもまた、似たような反応だった。

「いつか絶対食べてやろうと思っていたのに……っ」

しかしそんな事おかまい無しで、私はくるりとダルマの板前長に向き直る。

「やめるなら、私があんたの会席料理を、食べてからにしてよね！」

熱でもあるのかな私。我ながら横暴な事を言ったものである。

しかしそれを自覚していながらも、今訴えなければ、もう二度と板前長の会席料理を食べられないかもと思ったのだった。それは嫌だ。絶対に。

板前長は目を丸くして、口を大きく開けたまま固まっていた。

「……あっはははははは」

何がそんなに面白かったのか、今まで真面目な面《かお》をしていた大旦那様が、膝《ひざ》を叩《たた》いて笑った。確かに大旦那様って、たまに変な所がツボに入って笑うけれど……

今回のそれは、今まで見た事が無い、これでもかってぐらい腹をよじった大笑いだ。むしろ、笑い過ぎて苦しそう。

何だかそこまで笑われると、自分がいかにおかしな事を言ったのか、理解せざるを得ないというものだ。顔がかっかと火照って、熱い。

「ちょ、ちょっと、そこまで笑わなくても良いじゃない」

「あはははは」

大旦那様はとにかく笑っているが、他の者たちは反対に青ざめている。

「葵、お前は怒っていないのかい？　随分と酷い目にあったんだよ。あまりの恐怖に、そんな事は忘れてしまったのかい」

「そんな訳無いでしょう。とても怒っているわよ」

自分なりの怒りを露《あらわ》にし、声のトーンを低くした。とは言え恥ずかしさと怒りが同調している、訳の分からない心地だった。

「でも、仕方ないじゃない。板前長の会席料理が食べられなくなる方が嫌なんだもの」

そう口にした後、ぐうと腹が鳴った。

そう言えば、ずっと何も食べていないのだった。お腹を押さえつつ涙目。

「ぐぐ……っ、わははは っ! こりゃ、史郎の孫娘に違いねえや。このわがまま、屁理屈《へりくつ》、横暴な物言い、まるでそっくりじゃないか」

さて、シリアスな空気はすっかり壊れてしまった。板前長まで腹を抱えて大笑い。

こちとら腹が減って死にそうな気分なのに。

何だかふらついてしまったが、そこをいち早く、銀次さんが背中から支えてくれた。

「大丈夫ですか……っ、葵さん」

「ぎ、ぎんじさん良かった……無事だったのね……」

「私の事など良いのです。本当にすみません、私が傍にいながら」

銀次さんの表情は僅《わず》かに暗く、自責の念を感じられる。

私は銀次さんにそんな思いをして欲しく無くて、「なに言ってるの、私は元気よ」と、自分の力でしゃんと立ち直した。銀次さんをあまり心配させたくは無かった。

大旦那様はと言うと、私の腹の虫の鳴き声を聞いたせいか、なぜだかとても焦って立ち上がり、せっせと着物の袖《そで》の中を漁《あさ》って、何かを探している。あれでもないこれでもないと、ぽいぽいものを出したり入れたりしながら。大旦那様の袖の中は四次元空間か。

「……あ」

大旦那様が袖から出したもののなかに、あの緑色の石のペンダントがあった。炎はすでに弱まっていて、緑の色が薄くなってしまっている。それを拾い上げた。

「これ……」

「ああ、それか。お前の居所を僕に教えてくれたのは、そいつでね。使命を果たしたよ」

「これが？　私を助けてくれたの？」

「そうだとも。元々僕の鬼火。術と言うか、使い魔のようなものだからね。あとはもう、火が消えていくだけだよ」

大旦那様はさして気にする様子でもなく、まだ袖を漁っていた。

そのペンダントが既に効力を失っているのだと聞いても、私はそのまま捨てる気にはなれず、こそっと首にかけたのだった。

「あった。ほら葵、幽林堂《ゆうりんどう》のどら焼きだ。お食べ」

「なんでそんな所にどら焼きが入っているのよ」

上品な和紙に包まれたどら焼き。つっこみを入れつつも、空腹には耐えられず与えられるままに受け取った。

「さて板前長。葵はお前の料理を食べるまで、お前を天神屋から逃しはしないと言う。お前はとてもプライドが高いから、幹部としての責任を取り、ここを辞めてけじめを付けようと言うのだろうが、僕の鬼嫁はそんな事では物足りないと言うのだ。実に恐ろしい。僕も可愛い花嫁のお願いには逆らえない。だからお前たちにはまだまだここで働いてもらおう。厳しい処分であるが、これが罰則だ」

「……大旦那様」

大旦那様は回りくどい言い回しをして、決定を下す。ダルマの板前長は複雑そうな表情をしていたが、やがて、何かを諦《あきら》めたようにふうと笑った。

「分かった。そこの鬼嫁殿には、なかなか手厳しい処罰を受けたもんだが、仕方がない。嬢ちゃん、今度うちの天神会席を食わせてやろう」

「え？　タダで？」

「そりゃ、勿論《もちろん》タダだ。わはは、抜かり無いな」

いや、そこは私にとってかなり重要だから……

さっきからずっと黙ってオロオロごろごろしている小ダルマたちは、少しばかりホッとしたのか、いつの間にやら小僧姿に戻って正座していた。

「あああああああっ」

何だか色々解決したわ、ほっこり、という訳にはいかない。

私はやっと本題を思い出す。

「そうよ！　結婚記念日のお料理!!」

両手を頬に当てて、叫ぶように尋ねた。

「今何時!?　まだ間に合うわよね大旦那様！」

「葵、お前は何を言っているんだい。お前はしばらく療養した方が良い。気がついていないのかもしれないが、お前はすっかり熱を出して寝てしまっていたんだ。今もまだ顔が赤い。……今回の事は、僕に任せて、もうお前は何も気にせずおやすみ」

大旦那《おおだんな》様は立ち上がって、真面目な顔をして私の肩に手を置いた。

言われて初めて、自分が本当に熱を出していた事に気がつく。

寒い場所で、水に濡れてずっと閉じ込められていたからね。そりゃあ、熱も出るわよ。人間だからね。

「ダメよ」

だけど、大旦那様を強く見上げ、肩に置かれた手を取って下ろした。

「大旦那様、私を甘やかすのは、全てが終わってからにしてちょうだい」

大旦那様はゆっくりと目を見開く。私はその紅《あか》い瞳《ひとみ》から目を逸《そ》らさない。

「確かに、もう予定通りのお料理は間に合わないかもしれないけれど、私は料理を作るわ。せっかく、夕がおで大事な日のお祝いをしたいと申し出てくれたんですもの。出来る限りの事をしなくては……あの場所で食事処を開いた意味が無いじゃない」

「……葵」

大旦那様は何か言いたげだったが、それを止めて口をつぐんだ。

私はすでに、乱れた計画を立て直すため、メニューの変更についてどうすべきか考えていた。やっと、この広間の古時計に気がつく。

午後二時台か……確か、ご夫妻は夕方六時の天神屋の受付開始の時間に合わせてやって来て、夕がおには開店時間である六時半にやってくる。

「ビーフシチューはもう無理だわ」

ソースから作るつもりだったビーフシチューは、もう間に合わない。あれは前日の夜から仕込みをするつもりだったからこそのメニューだ。せっかく東の地に赴き、様々な食材を手に入れたのに、結局今回は使えないものが多くなりそうで悔しいな。

でも、じゃあいったい何を作ればいいのだろう。焦りのせいかもしれないけれど、何を考えても、ベストではない気がしてしまう。

「いつもの……葵さんのお料理で良いのではないでしょうか」

そんな中、銀次さんがぽつりと言葉を零《こぼ》した。

「いつもの？」

「ええ。いつも通りの、葵さんの手料理で良いと思います。気さくで身近で、安心できるお料理で……。何も、高級な材料で作る、手をかけたお料理ばかりが美味《おい》しい訳ではありません。葵さんのお料理は、その場にある材料で、とても簡単に、短い時間で出来てしまうけれど、それでも美味しいと思ってしまうのです」

いつも傍で、私のお料理と向き合ってくれている銀次さんだからこその言葉だったのかもしれない。それは本当に嬉《うれ》しい励ましの言葉で、私は少しばかり緊張がほぐれる。

「ああ、そうだ……そう言えば」

大旦那様も、どこか斜め上を見つめて、つぶやくように言った。

「先日葵が作ってくれた弁当は美味《うま》かった。思わず文を贈ってしまうくらいには」

「な、何よ突然。お弁当なんて、今回は全く関係ないじゃな……い……」

言いながらハッとする。大旦那様が美味しいと言ってくれたのは、確か豚の角煮だった。

炭酸水を使った裏技で作る、とても簡単で、柔らかい豚の角煮。

確かにこの料理は、あやかし好みの甘い醤油《しょうゆ》の味付けだし、メインの一品になる。炭酸水を使ったレシピであれば、ギリギリ間に合う時間だ。

「でも、豚バラ肉が無いわ。今から用意するとなると……」

顎《あご》に手を当てて、一人勝手にぶつぶつ言っていたのだが、声をかけてくれたのは板前長だった。

「ならば、うちの厨房《ちゅうぼう》の豚バラ肉を使え」

「え……良いの？」

「そのくらいさせてくれ。他に必要なものがあったら、何でも言え。厨房にあるものだったら、すぐに用意できるだろう。なあに、うちは天神屋の厨房、余裕はある」

なんと。それはとてもありがたい申し出だった。

「板前長……本当にありがとう！」

思わず手を握って感謝を述べた。一番の懸念が無くなり、舞い上がっていたのかもしれない。熱はあれど、私は徐々にペースを取り戻した。

メインのお料理が決まってしまえば、その他のお料理も自《おの》ずと導き出される。

手持ちの材料を考慮しながら、先付けから甘味まで糸を繋《つな》いでいく。そうしてやっと、足りないものも見えてくるのだった。

「よし、じゃあ早速夕がおに戻らなくちゃ」

こんな所でぐずついている暇は無い。私は早速、必要なものを板前長と掛け合い、すぐに夕がおに戻ろうとした。

しかしこの広間を出て行く間際、まだ黙って座り込んでいた見習いダルマたちに、ちょっと冷ややかな視線を向ける。

「言っとくけど、あんたたちの事はまだ許してないからね。人間はあやかしと違って、あんな場所に二日も閉じ込められて、正気を保っていられるほど強く出来ていないのよ」

「…………」

「だから、あんたたちは、今すぐ裏山へ行って、ラムネと温泉卵を取ってきなさい！」

厳しく命じて、さあ行けさあ行けと追い立てた。

何だかすっかりビビっている見習いダルマたちは、すぐに立ち上がったものの、大旦那様をチラチラ気にして腰抜け状態だ。

「葵の命令は聞かないと後で酷《ひど》い目に遭うよ」

大旦那様に窘《たしな》められて、彼らは震えつつ、やっと出て行った。


「葵さん、間に合いそうですか」

急ぎ足で夕がおに向かう途中、銀次さんと諸々《もろもろ》の確認をしていた。

「ええ、予定は狂っちゃったけれど、少しだけ洋風の和食で揃えて行こうと思うわ。もう気取ったものを作ると言うよりは、いつもの私の家庭料理を作ろうと思うの」

「ええ、十分でしょう」

「銀次さん、ありがとう。銀次さんの言葉が、私にはとても頼もしかったわ。実はとても焦っていたの」

歩きながらも、銀次さんの方を見てお礼を言った。

彼は僅かに驚きつつも、すぐに視線を落とした。

「いえ、私の注意が不十分でした。葵さんを危険な目に遭わせてしまって……」

「何言っているのよ。私が勝手に居なくなったのだわ。銀次さんが悪い事なんて、一つもないじゃない。それに聞いたわ。あの見習いダルマたちを捕まえたのは、銀次さんなのでしょう？」

「ええ。厨房が今回の件でこちらを疎んでいるのは知っていましたから。しかし、恐ろしかったでしょう……あんな暗くて、狭くて、寒い場所。空腹だって……葵さんは」

「……銀次さん？」

「いえ……」

彼は口元に手を当て、少し言葉を濁して、続けた。

「あやかしは暗い場所は得意です。寒さにも、空腹にも、人間以上に耐えられる。飲まず食わずでも、ひと月は生きていけるのです」

「えっ、そうなの？　そんなに頑丈に出来ているなんて……ある意味恐ろしいわ」

「ええ。でも霊力と言うものを補う為に、毎日食事をした方が良いとされています。霊力不足は何より苦痛で、命取りとなりますからね」

「へえ」

なら、現世《うつしよ》で私を食おうとしていたあやかしは、やっぱり霊力を補おうとしていたのかな。私の食事はそれを回復する割合が大きいと聞いたけれど、あやかしにとってそれは、とても重要なことなのね。

「見習いダルマたちは若いあやかしなので、人間がそれほどに脆《もろ》いものだとは知らなかったのでしょう。とは言え、許される事ではありません。おそらく長い謹慎をくらうでしょう。それでも、十分な罰とは言えませんが……」

「まあ、あいつらはしばらく私の下僕《しもべ》確定よ。こき使ってやるわ」

「葵さんは逞《たくま》しいですねえ」

銀次さんはやっと笑った。今回の事で、随分と銀次さんを心配させてしまったらしい。

何だかとても悪い事をしてしまったな。いつもあんなにお世話になっているのに……。

「夕がおに戻ったら、まず何か食べた方が良いですよ、葵さん。厨房から豚バラ肉が届くのに、少し時間がかかるでしょうし」

「そうね……どら焼きで少しは保《も》ったけれど、やっぱりお腹はすいているものねえ」

どうしようかなと思いながら夕がおに戻ると、思いがけないものがあった。

厨房の食材を置く卓上の皿に、形が全然揃っていないおにぎりと、切ったたくあんとかまぼこが置かれていたのだ。

「あ、それお涼様が握ったおにぎりだから。ここの釜《かま》は使っていいのか分からなかったから、冷凍していた残り物を温め直して握ったって」

まだ夕がおに居た春日が、さりげなく教えてくれた。私は変な顔になって、きょろきょろと周囲を見る。

「お涼はもう居ないの？」

「うん、お涼様はもう仕事に行ったよ。あ、でもかまぼこはあたしがもってきたやつだから。天神屋のお土産のやつだけど、賞味期限近いのを貰《もら》ってたんだ。おやつにしようと思ってたんだけど、葵ちゃんにあげる」

「……何よあんたたち」

自ずと表情が緩む。お涼と春日のらしからぬ気遣いが、ちょっと嬉しい。

今の私には、この不揃いおにぎりも賞味期限ギリギリのかまぼこも、とても美味しそうに見えた。さっそくつまみ食い。

空腹は最高のスパイス。たまらん。

「じゃあ、あたしもそろそろ仕事に行くね。葵ちゃんのことだからどうせ今日のお料理作るんだろうけど、余ったら夜食べにくるね」

「ええ。……たくさん作っとくわ」

片手におにぎりを持って、口をもごもごさせながら、春日を見送った。かまぼこもたくあんも、塩おにぎりと一緒に食べるのが最高に良いのよね。

「はぁあ。気ままな彼女たちが……無償で人の為に……」

銀次さんはお涼や春日の行動について、私以上に驚きの声を漏らしていた。

というか、銀次さんから見ても、あの二人って気ままな方なのかしら。あやかしってそう言うものだと思っていたのだけれど。

「よし、食べた！」

短時間ですっかりお腹いっぱいにしてしまって、私はパンと手を叩《たた》いた。

それが合図だ。意識を切り替えて、前掛けを探す。

手を洗い、食材を台に並べた。

すぐに調理に取りかからなければならない。もう時間はあまり無いのだから。

ネギの青い部分を素焼きしていたところ、板前長に頼んでいた食材が夕がおに届いた。

私は早速、豚の角煮の調理に取りかかる。

まずは熱したフライパンに、三センチ幅に切った豚バラ肉を並べて、両面をこんがりと焼いた。お肉ってただ焼いているだけでも美味しそうに見えるのだけど、角煮の場合ここからが本番。焼いた豚肉を鍋《なべ》に並べ、先ほど素焼きしたネギの青い部分を、そっと肉に載せる。これは、肉の臭みを消し風味を出す為だ。

醬油やにんにく、しょうがなどの調味料を鍋に投入。また見習いダルマたちが裏山から運んでくれた炭酸水も、躊躇《ちゅうちょ》無くどぶどぶ注ぐ。しゅわわと良い音が響く。

炭酸水が甘いので、味付けに砂糖は必要ないが、匙《さじ》でひと掬《すく》いハチミツを入れるのが私のこだわりだ。これでまろやかで甘めな、あやかし好みの味となる。

あとは中火で、ひたすら煮込むだけ。なんて簡単。

他にもコーラやビールで作る角煮もあるのだと聞いた事がある。短時間で柔らかく出来上がる、炭酸水で煮る裏技角煮のレシピだ。

角煮が主菜となると、副菜は、出来ればあっさりしたものが良いだろう。涼しげな夏らしい野菜で揃えたい。

一品は、きゅうりとオクラの梅味噌《みそ》マヨネーズ和《あ》えと決めている。作り置きしていたマヨネーズが役に立ちそうだ。

和の味わいを持たせたいので、叩いた梅肉を味噌と一緒に和える。これはすぐに作り置いて良いだろう。

もう一品は、揚げ茄子《なす》のおろしポン酢和え。

揚げたての茄子におろした大根と刻んだしそ、ポン酢を和えるだけ。これはお客様がやって来てから、すぐに作った方が良い。下準備だけは忘れない。

汁ものはカボチャと新玉ねぎのお味噌汁。

ご飯はただの白米。夕がおの釜で炊く白米は絶品だもの。これが王道。高菜のお漬物を一緒に。

食後のデザートは、白玉入りフルーツポンチ。

これらが、今日の献立のお品書きだ。簡単な家庭料理にアレンジを加えたものばかり。

先に作っておくもの、夫妻がお見えになってから作り始めるもの、下準備だけ先にしなければならないもの、そういった振り分けをする。時間を無駄にしてはならない。

「……何だろう。熱いな」

厨房の熱気のせいだけではないだろう。

強がっていたけれど、やっぱりまだ私は、どこか万全ではないのだ。

だけど、とにかく緊張感を保って、私は厨房に立っていた。

「葵さん、いらっしゃいましたっ！」

銀次さんが夕がおの出入り口から、カウンター越しに伝えてくれた。

私と銀次さんは、慌てて身なりを整え、入り口に立つ。

のれんをくぐって夕がおに入ってきたのは、気品溢《あふ》れる装いの、壮年の夫婦だった。

「…………」

惚《ほう》けてしまったのは、その二人が、私の想像を遥《はる》かに上回る雅《みやび》やかな空気を纏《まと》っていたからだ。それは美しい着物の装いだからと言うだけではない。飾り紐《ひも》や花の装飾が特別目《ま》映《ばゆ》かったのではない。

「おや、お出迎えありがとう。突然の申し込みだったというのに、引き受けてくださって感謝していますよ」

藍色《あいいろ》の装束を纏《まと》った男性が声をかけてくれた。鉄色の長い髪を布と飾り紐で結った、いかにも貴族と言った佇《たたず》まいで、きっとこちらが縫ノ陰《ぬいのいん》様だ。

「今日はよろしくお願いしますね」

そして、一歩後ろから縫ノ陰様について店に入って来たのは、白に近い水色の着物と、くすんだ梅色の羽衣を纏った、優しげな目元の壮年の美女だった。

こちらが奥様の、律子《りっこ》さん……？

思っていた以上に、若々しい見た目をしている。だって、お生まれは昭和の初期と聞いていたけれど、どう見ても50代から60代程だ。

「よ、よろしくお願いします」

「あなたが、薄荷坊《はっかぼう》さんの弁当の君ですか？」

律子さんは私に興味津々なご様子。やっぱり、人間同士だからだろうか。

「はい。あの、津場木《つばき》葵と申します」

私はぺこりと頭を下げた。律子さんの気品を前に、何だか緊張してしまっている。

「本日はよくぞおいでいただきました。結婚記念日と言う大切なお祝いの席に、夕がおを選んでいただきまして、誠にありがたく存じます。こちらでございます」

銀次さんが慣れた様子で二人を席に案内した。

今日はお二人の結婚記念日。座敷席にお通しして、食事をしながら静かに語っていただきたいと思っている。

「良いなあ、素敵だなあ。隠れ家と言う感じだねえ、りっちゃん」

「ほほ。ですね縫様。何だかとても懐かしいですわ」

二人はそんな言葉を交わしていた。愛称で呼び合う仲なのだな。

私はさっそく厨房《ちゅうぼう》に戻って、お料理に取りかかる。お席でのおもてなしは銀次さんが全面的に担ってくれているから、私は料理に集中しなければならない。

先付けに、きゅうりとオクラの梅味噌マヨネーズ和えを小鉢に盛り、急ぎ運んだ。

お料理の説明をすると、律子さんは「まあ……」と両手を合わせ、目を輝かせる。

「縫様縫様、マヨネーズ和えですってよ」

「ああ、本当だ。久々に食べるなあ」

二人は何故か、愉快そうだ。

「マヨネーズをご存じなのですか？」

「ええ。でも、あまり食べた事は無いのです。私が現世《うつしよ》にいた時代、マヨネーズの入手は困難でした。戦時中で……原材料不足で、ねえ縫様」

「そうだったねえ。もしや、今では当たり前に手に入るのかい？」

縫ノ陰様に尋ねられ、私は「はい」と頷《うなず》いた。

「現世の日本では、どこへ行ってもマヨネーズは安く手に入ります。どの家庭にも常備されている調味料です。隠世《かくりよ》では手に入りにくいので、私が自作しました」

「まあ、あなたが？　マヨネーズを？　凄《すご》いわねえ」

「いえ、卵とお酢と食用油があれば、案外簡単に出来るのです。隠世には、現世よりずっと便利な調理道具があったりするので」

マヨネーズの作り方は至って単純だ。卵黄、酢、塩、胡椒《こしょう》、これらを混ぜ、またサラダ油を少しずつ加え混ぜ、ひたすら混ぜ……という具合だ。手作りだと固まらない事があるのだが、隠世には便利な霊力ミキサーがあるので、まず失敗はしない。

律子さんは「まあそうなの？」と上品に驚きつつ、もう一度小鉢を見た。

「では早速いただきましょうよ」

「はは、りっちゃんは本当にせっかちで食いしん坊だねえ」

「あら嫌ですわ。お腹が空《す》くようにと、あちこちに連れ出したのは縫様ですわよ」

「ははは。確かに空腹だ」

二人はとてもゆっくりとした口調で語る。おおらかな空気を纏《まと》い、本当に仲睦《なかむつ》まじい。

いただきますと手を合わせ、二人は箸《はし》を持った。

「……まあ、素敵。思っていた以上に、マヨネーズってまろやかなのね。おほほ、癖になりそうだわ」

さっそくオクラを一口食べた律子さん。「ねえ縫様」と、しきりに目の前の旦那《だんな》様に感想を求めていた。先ほどから思っていたのだけど、仕草や、縫ノ陰様に対する語り方が、とても可愛らしい方だ。

「きゅうりとオクラ。この緑色のみずみずしい野菜は、夏に食べるのが一番良いね。冷涼だ。それにマヨネーズとは良いものだね。素朴なのに印象的で、野菜がとても美味《おい》しいよ。隠世ではマヨネーズの浸透は随分遅いけれど、それは食わず嫌いが原因だと思うね」

縫ノ陰様はぽりぽりきゅうりを齧《かじ》った後、そのように語った。

老夫婦というイメージがあったのだが、思っていた以上に見た目が若いのと、会話の内容がじつにほのぼので、私はすっかりこのご夫妻のペースにのまれ、ぼけっとしてしまう。

ああ、ダメだ。まだやる事はある。ぺこりと頭を下げ、厨房へと戻った。

さあ早速次の調理に取りかからなければならない。

メインの豚の角煮は、既に鍋の火は消えていて、今は温泉卵と大根と一緒に、味を染み込ませている段階。これはしばらく置いておく。

さて、茄子だ。一口サイズに切って、水にさらしてアク抜きしていた茄子を引き上げ、しっかりと水気を拭《ふ》き取る。そして、熱したごま油で素揚げする。

これに大根おろしをたっぷりと載せて、刻んだしそとポン酢でいただくのだ。簡単なお料理だけど、揚げた茄子はとろっとしていて甘く、それでも大根おろしとポン酢がさっぱりに仕上げてくれるから、より夏らしい一品となる。

これは銀次さんが、二人の食卓へと持っていってくれる事になった。私は次に豚の角煮を仕上げ、用意しなければならない。

カウンター越しに見えるご夫妻は、おしとやかな雰囲気の中、ずっとずっと、仲睦まじく語っている。次の料理がやってくると、待ってましたと言うように、二人揃って箸を持つのだった。

なんだろう……何か良いな……

あやかしと人間とは言え、あれだけほのぼのとしていて仲の良い夫婦であれば、見ているこちらも微笑ましいし、羨《うらや》ましいとすら思う。何よりとても幸せそう。

「おっと、手を止める訳にはいかないわ」

さて、豚の角煮だ。良い醤油《しょうゆ》色に染まった豚の角煮を、鍋から一つ小皿に取る。肉にお箸を入れると、角煮はほろっとほぐれた。

「……うん。柔らかくて甘みもちょうど良いわね」

一口、味を確かめながら、私は良しと頷いた。

一度しっかりと焼いて炭酸水で時間の許す限り煮込んだ豚肉の、ぷるぷるの脂身は、すでに脂分が抜けて嫌な重たさは無い。炭酸水の甘みが醤油の味と上手《うま》く絡んで、味はほどよく染み込んでいる。

一緒に漬け込んでいた卵も、美味しそうな茶色だ。この卵は、裏山の温泉卵を作る温泉から、見習いダルマに持ってこさせたもので、今回使用したのは、白身がしっかり固まっているけれど黄身が僅《わず》かに半熟のものだ。豚の角煮を作った鍋にしばらく浸して味を馴染《なじ》ませていたので、味付け卵となっている。

焼き物の器に数切れ載せ、半分に切った卵を寄せ、また茹でた青梗菜《ちんげんさい》を添える。

とろっとした甘い醬油ダレを上からひと匙分かけて、出来上がり。

既に前の料理は食べてしまっていた様だったので、急いで座敷席へと持っていった。

縫ノ陰様と律子さんは、お酒の席だったからかすっかり良い気分になっていて、語らいを楽しんでいる様だった。落ち着いたお上品な口調なのに、おしゃべりな様子の律子さん。

ニコニコして楽しげに語る律子さんのお話を、縫ノ陰様が受け止めている形だ。

うーん、やっぱり何だかとても素敵。

「お待たせしました」

料理を持ってくると、律子さんは少し紅潮した微笑みを私に向ける。

「とても良い匂い。葵さん、あなたのお料理が美味しくって、私、何だか気分が良くておしゃべりになってしまったの。うるさくてごめんなさいね」

「いえ、とんでもないです」

「はは、りっちゃんがおしゃべりなのはいつものことじゃないか」

「まあ縫様ったら。おほほ」

笑う二人に安心感を覚えつつ、私は丁寧に、食卓に主菜の皿を並べる。一番綺麗《きれい》に見える向きを正面に。

「…………え」

この直後の事だ。

なぜだろう。さっきまでとても気分良く、おほほと笑っていた律子さんの表情が固まった。じわじわと、表情に驚きの色が滲《にじ》んだのだ。

一瞬、私はとてもひやっとした。もしかして、もしかしなくとも、苦手な料理だったんじゃないかと思って。嫌な汗が頬を伝う。

だけど律子さんは、しばらく目の前の角煮を見つめた後、ただ沈黙を通しつつ、お箸を持って角煮を切り、一口食べたのだった。

縫ノ陰様も、律子さんの表情の変化にはすぐに気がついた様だった。同じようにしばらく黙って目の前の料理を見て、律子さんが角煮を口にした後に、箸を動かした。

「…………ふふ」

律子さんは小さく笑って、目頭を押さえた。やっぱり凄く苦手だったんだ！

「あ、あの……」

私の焦りは最高潮である。しかし律子さんの口から出た言葉は、意外なものだった。

「懐かしい味だわ……まさかここで、東坡煮《とうばに》をいただく事になるなんて、思わなかった」

律子さんは袖《そで》で涙を拭《ぬぐ》って、一度深呼吸をした。

そしてすぐに、冷や汗まみれの私に向かって笑顔を向ける。

「お聞きになっているかもしれませんが、私は現世の長崎出身なのです。長崎には、東坡煮という郷土料理がありました。いわゆる角煮料理で、お祝い事などでしか食べられないご馳走《ちそう》だったのですが……。ふふ、こんなおばあちゃんになって、母の味を思い出してしまうなんてね。何だか懐かしくて涙が出てしまいました。驚かせてしまってごめんなさい。とても美味しかったの。許してくださいね」

私は、首を振るだけで精一杯で、言葉が何も出てこなかった。

そうだ。角煮って長崎の郷土料理でもあったのだった。角煮饅《まん》を旅行で食べたもの。もしかして大旦那様はそこまで理解していて、私にさりげなく提案してくれたのかな。

律子さんにとって、懐かしい味かもしれない、と。

「りっちゃん、美味しいねえ」

「ええ縫様。隠世に来てからは、あまりに懐かしく焦がれるので、あえて避けていたお料理でしたけれど……やはりとても美味しいです。ふふ、葵さんの腕が良いのかしらね。故郷で食べた味とはどこか違うのだけれど、味付けがちょうど良いですわ。濃すぎず辛すぎず。ほほ、私が歳をとったせいかしら」

律子さんは目の端に涙を溜《た》めつつも、また角煮を食べてくれた。

その後は、二人静かに、このメインのお料理を楽しんでくれた様だ。途中、律子さんはお酒を飲むのを控え、白飯を希望した。

ご飯は最後にと思っていたのだけれど、炊きたてを豚の角煮のあるうちに運んだ。カボチャと新玉ねぎのお味噌汁《みそしる》と、高菜のお漬物と一緒に。

律子さんは角煮を前に、結婚記念日のお酒の肴《さかな》と言うよりは、白飯と一緒に家庭的な食事として食べたいと思ったのだろう。こうやって食べるのが、当時はなにより贅沢《ぜいたく》だったと律子さんは言った。

確かに、味が染み込んだ豚の角煮は、白飯と一緒に食べるのが一番だと私も思う。甘みと旨《うま》みの溶け込んだ醬油ベースのタレもまた、白飯とよく合うのだ。

美味しい美味しいと、私が何かを持って行くたびに、律子さんが私に声をかけてくれた。

本当に気さくで、親しみやすさのある人だ。

「……さて、デザートだわ。そろそろ作らなくてはね」

厨房《ちゅうぼう》に戻り、予定通り白玉入りフルーツポンチの調理にとりかかる。

白玉だんごは二種類の味を用意する。一つは豆腐はちみつ味、もう一つはチョコレート味だ。

普通、白玉だんごは白玉粉と水を混ぜて作るけれど、そこに、ちょっとのアレンジを加えると面白い味になる。一つ目の豆腐はちみつ味は、文字通り豆腐とはちみつを白玉粉に加えたもの。二つ目のチョコレート味は、湯煎《ゆせん》して溶かしたチョコレートを白玉粉に加えたものだ。

これを捏《こ》ね、棒状にして端から小さくちぎり、丸め、沸騰させたたっぷりのお湯で茹でる。豆腐はちみつの白玉だんごは、茹で上がると丸くつるんとしているし、チョコレート風味の白玉だんごは期待通りチョコ色で、これだけでも十分美味しいデザートになりそうだ。これらをサッと冷水に取ることで、だんごにコシが出る。

白玉だんごを冷やしている間に、フルーツをカットする。

用意していたのは、夏みかん、びわ、スイカ。旬のフルーツはみずみずしく、色合いも綺麗だ。

涼しげな妖都切子の小鉢にフルーツを盛り、二種類の白玉だんごをバランス良く載せ、炭酸水を注げば、涼しげで食べ応《ごた》えのあるフルーツポンチの出来上がり。

しゅわしゅわと泡のはじける炭酸の音は、夏を思わせ心地よい。色とりどりのフルーツと一緒になって、現世《うつしよ》風に言えば、レトロな趣のある可愛いデザートに変わる。

果実をシロップ漬けなどにしていないため、素材の味のまま甘酸っぱいのだけれど、白玉がほんのり甘く作られているので、上品な和風の甘味に仕上がるのだ。

「おまたせしました」

ちょうど食後の頃合いだったので、私はフルーツポンチを食卓へと持って行く。

「まあ、なんて綺麗。宝石の様だわ……ねえ、縫様」

「やあ本当だ。みずみずしいね。これはいったいなんだろう」

二人は特別嬉々《きき》とした様子で、フルーツポンチを覗《のぞ》き込んでいた。

確かにこの甘味は見た目も美しく、楽しい。妖都切子のキラキラとした万華鏡のような模様がまた、色とりどりの果実や、ぷつぷつと纏《まつ》わる気泡を反射させている。

何だろう。それを見つめていると、自分まで目の奥がちらちらと熱くなる。

「これはフルーツポンチです……炭酸水に、果実と白玉を入れていて……もちもちの食感と旬の果実が、炭酸水のぱちぱちとした舌触りと不思議と合います………」

言いながら、ぱちぱちしているのは自分の意識だなと思った。

「これが……さいごの……おりょうり………です」

息も絶え絶え、この言葉を口にする。熱いを通り越し頬は冷たく、嫌な汗が額を伝う。

私はぺこりと頭を下げ、よろよろとしながらも、急いで厨房へと戻った。

「葵さん、葵さん大丈夫ですか？　随分と具合が悪いのでしょう？」

すぐに銀次さんも戻ってきてくれた。私の調子が悪い事に気がついてくれたのだ。

だいじょうぶよと言いたかったけれど、声が出ない。何だかもう、目の前に万華鏡が見える。まるで妖都切子の底の模様。

きらきら、ぐるぐる。ああ、目が回っているんだ。

気を張っていた全てのものが一気に弾《はじ》け、そのまま大きく後ろにふらついた。銀次さんが倒れそうな私の腕を引き寄せてくれたみたいだけど、結局私の足下は崩れた。

「葵さん、葵さんしっかりしてください!!」

銀次さんの呼び声を遠く聞きながら、私は意識を手放した。

何だかもう、自分でも訳が分からないくらい頭が痛いのだから。

幕間【三】

「葵《あおい》はよくよく頑張ったね」

大旦那《おおだんな》様は、高熱を出して倒れた葵さんの傍らに腰を下ろし、彼女の頰に張り付く横髪を払った。

「申し訳ありません、大旦那様、私がついていながら」

「今日のお前はそればかりだな、銀次《ぎんじ》。この無茶ばかりする娘の面倒を、お前に見させているのだから、まあ今回は全てが無事に終わったと言う事で……あまり気にするな」

後ろで控える、私、若旦那の〝銀次〟は、ただただ耳と九尾をぺたんとさせ平伏していた。

「葵はお前に恩を感じている。お前を責めれば、葵もまた縮こまってしまう……それでは面白く無い。さあ、顔を上げろ、銀次」

大旦那様は自らの許嫁《いいなずけ》の枕元に、八つ手の葉の団扇《うちわ》を置いた。天狗《てんぐ》の松葉《まつば》様が葵さんに贈ったものだ。そして、見習いダルマたちから、大旦那様が取り戻したもの。

「本当に、それで良いのですか、大旦那様」

「……何がだ？」

「見習いのダルマたちはしばらくの謹慎処分という事になりましたけれど……私や、板前長への処分ですよ。葵さんを、こんな風になるまで傷つけ、苦しめたのです。不問にすると言うのなら、あまりに軽すぎます。お涼《りょう》さんの時との差があって、これでは天神屋《てんじんや》の他の従業員たちに示しがつきません。葵さんを狙う者は、内にも外にも多いのですから……つけあがらせてしまうのでは」

「…………」

私の言葉を、大旦那様は黙って聞いていた。

「お涼の時とは違う。今回、手を下したのはお前たちでは無いだろう」

「し、しかし」

「まあ、天神屋に白夜《びゃくや》が戻って来たら、それでは甘すぎだと言って、お前たちの監督不十分と言う事で数ヶ月の減俸でも決めるかもしれないがな。はは、覚悟しておいた方が良い」

「……その程度、謹んでお受け致します」

私はきっと、一言では言い表せない、複雑な表情でいただろう。

しばらくの沈黙が続いた。

すうすうと眠る、葵さんの寝息だけが聞こえる。熱はあれど彼女の容態はすでに落ち着いていて、寝ていれば回復するだろうと天神屋の常駐の医師が言っていた。

「銀次、お前から見て、葵はどう映る？」

ふいに大旦那様が尋ねた。私は落としていた視線を上げる。

尋ねられた通り、葵さんについて、しばらく考えた。

「凄《すご》い……お嬢さんですよ。史郎《しろう》殿の孫娘というのを、疑いようもありません。ご夫妻も、お料理を本当に楽しんでくださって……涙する程、感謝してくださって」

奥方の律子《りつこ》さんは、葵さんの作った角煮から、もう二度と戻る事の無い故郷を思い出したと言う。

「葵さんのお料理は、あやかしや人の心を暴きます。その優しい味わいに、あやかしは無意識に心を開いてしまう。食材と彼女の霊力は確かに体に染み渡り、身も心も癒《いや》すのです。……葵さんのあやかしへの歩み寄り方は、史郎殿の乱暴で刺激的な割り込み方とは違って、とても心地よいものです」

ぽつぽつと言葉を並べる。言いながら、自分で気がつく事もあった。

大旦那様はちらりとこちらを見て、ふむ、と顎《あご》を撫《な》でた。

「今回、葵を狙った者は、本当に見習いのダルマたちだけだったと、お前は思うかい？」

その問いに、私は「いいえ」と、確かな事のように首を振った。

「東の地にて私が葵さんを見失ったのは、私の動きが縛られて、彼女が目の前から一瞬で消えてしまったというのが主な理由です。あれは、金縛りの術と、神隠しの術と見て間違いないでしょう……そんな高等な術を、見習いのダルマたちが使ったとは思えません」

見解を述べると、大旦那様はまた低く唸《うな》った。

「うーん、そうだなあ。銀次、お前ほど高等なあやかしが術にかかってしまったというのだから、術を使ったものも相当な大物と見て良いだろうな」

「今回の事件、背後には、いったい何が」

見習いダルマたちは、当然葵さんを閉じ込めるつもりで東の地まで自腹で来たそうだが、なかなか葵さんが見つからずにいたところ、路地裏で見つけたと言っていた。

まるでそこに置かれたように、葵さんは倒れていたようだ。あの水漏れの激しい古くなった地下蔵も、見知らぬあやかしに紹介されたと言っていた。保冷のための蔵だとは知らなかったらしい。

何者かが、見習いダルマたちの幼稚な計画に手を貸したに違いない。見習いダルマたちがそれを知らなくとも。

「以前……葵さんを中庭で襲った者たちも、今回の事件と関係があるのでしょうか」

「その可能性は高そうだな。天神屋《うちのもの》か……さらにその上か……」

大旦那様は独り言のようにぼやく。

「八葉か……さらにその上か……」

真夜中の賑《にぎ》わいの傍ら、大旦那様はこの事件の背後に存在する、見知らぬ敵を探る。

離れの外では愉快な祭り囃子《ばやし》が、今日も絶え間なく奏でられていた。

「うー」

そんな空気の中、妙なうなり声が、葵さんの眠る布団から聞こえた。ごそごそと何かが出てくる。それは、葵さんが現世から連れて帰った眷属《けんぞく》、手鞠河童《てまりかっぱ》だった。

「おや、お前、そんな所に潜っていたのかい」

大旦那様は手鞠河童に声をかけた。河童はぺたんと座り込んで、葵さんを見つめている。

「葵しゃんまた寝ちゃったでしゅ？」

「……すぐに起きる。しばらく待つと良い」

「葵しゃん、ちゃんと起きるでしゅ？　人間はとても簡単にいなくなるでしゅ。僕はそれを、現世でたくさん見てきたでしゅ」

「ああ、そうだね。お前の方が、人間の事はよく分かっているのかもしれないね」

手鞠河童はカチカチと嘴《くちばし》を鳴らしながら、葵さんを少し揺すっていた。でもすぐに止めて、またじっと彼女を見つめる。

「お腹がすいたんじゃないかい、お前。何か食べるかい」

「……んー……葵しゃんが目を覚ますのを待つでしゅ」

「はは、そうかい。お前は案外、なかなかの主《あるじ》思いだな」

少しだけ笑って、大旦那様はもう一度、葵さんの顔を覗き込む。

その爪が彼女を傷つけない様、手の甲で優しく前髪を払い、その頭を包むように撫でた。

「早く元気になると良い……」

そして、音も無くゆっくりと立ち上がり、大旦那様はその羽織を翻す。

丸天の紋は堂々と揺れた。大旦那様には、敵の目処《めど》はある程度ついているのだろう。紅の瞳《ひとみ》は鬼神というのに相応《ふさわ》しい、冷たい血の色を帯びているのだから。

大旦那様は出て行き、再び、部屋は静かになった。葵さんの寝息だけがよく聞こえる。

「……………あれは」

ふと、傍の化粧台の上に白い能面が置かれているのを見つけた。思わず触れ、手に取る。

「なぜこんなものが、ここに……」

「あー、それムジナしゃんの忘れ物でしゅ」

「薄荷《はっか》坊《ぼう》さん、ですか？」

手鞠河童はコクコクと頷《うなず》いて、その場で足の水かきづくろいを始めた。

白く滑らかなその能面を撫で、私はしばらく、それを見つめていた。

「そうですか……ならば葵さんは、このお面がどこのものなのか、知ったのでしょうね」

この南の地特有の面は、私にとって、とても懐かしいものである。

第九話　あやかしたちと七夕まつり

とても懐かしい夕暮れの匂いがする。

格子戸からほんのりとオレンジ色の空が見える。

「…………」

目が覚めた時、頭と意識があまりにぼんやりとしていて、自分がなぜ寝ていたのか、今がいったい何時であるのか、まるで分からなかった。

布団の上でぽやぽやとした意識のまま、何だかまだ眠たいような、これ以上寝たら苦しいような、そんな訳の分からない感覚でいる。喉《のど》がからからだ。

「葵《あおい》さん、目が覚めたのですね」

「あれ……銀次《ぎんじ》さん？」

声をかけられ、すぐ傍に銀次さんが居た事に気がついた。なぜか子狐姿だ。

「私……って、あああああ！」

思い出す。私、夫妻のお料理を作っていたはず。

だけど途中から記憶が無い！

「わ、私、もしかしてやらかした⁉ 最後まで、ちゃんと出来なかったんじゃ……」

一気に現実に引き戻されて、私は不安にかき立てられる。

頭を抱えて、記憶を辿《たど》ろうとするも、どこからかすっぽりと思い出せない。

角煮を出して、律子《りつこ》さんが泣いて……それで……あれ……

「落ち着いてください、葵さん。全てはとても上手《うま》くいきました」

銀次さんは前足をとんと私の膝《ひざ》に乗せた。

「葵さん、デザートを運んだ直後に、厨房《ちゅうぼう》で倒れてしまったのです。とても無茶をされていたのでしょう。お辛《つら》かったと思います。本当に……」

「……銀次さん。そっか、私、厨房で倒れたんだ」

徐々に思い出す。最後のデザートを運んだあの後、ギリギリのところで意識を繋《つな》いで、厨房まで戻ったのだ。そしてそのまま、銀次さんに支えられながら倒れた。

私は子狐姿の銀次さんを抱き上げ、膝の上に乗せて、その綺麗《きれい》な銀の毛並みを撫でた。

もしかして銀次さん、ずっとここに居てくれたのかな……

「ご夫妻はとても喜んでおられました。特に奥方の律子さんは、葵さんとまたお話がしたいとおっしゃっていましたよ」

銀次さんは布団から降りて、ぼふっと煙と音を立てていつもの青年姿に戻る。正座して傍に座り、彼は私の額に手を当てた。

「熱は下がったみたいですね」

「私、もう大丈夫よ。いつもそうなの。熱を出しても一日で治るわ。あやかしに比べたらひ弱だけど、人間の中ではそれなりに頑丈だと思うわよ」

元気よく立ち上がってみる。しかし直後に、ぐうと腹の虫が鳴った。

「あああ……また」

お腹を押さえつつ赤面。最近こればかりだ。

銀次さんは少し驚いていたが、すぐに顔を背け、クスクス笑っていた。

「当然です。昨晩からずっと寝ていたのですから。……では、表で待ちますね」

彼はすぐに立ち上がり、そそくさとこの部屋を出て行った。

ふと鏡を見た時、自分の姿の乱れように気がついた。髪は凄い方向に撥《は》ねているし、着物もズレている。これは酷《ひど》い。乙女としては見られたく無いところを見られたものだ。

「葵しゃん、起きたでしゅ〜？」

布団がもぞもぞとして、中からコロンと手鞠河童のチビが出てきた。どうやら同じ布団で寝ていたようだ。

「あら、あんたそんな所にいたの？」

「葵しゃんの寝相が悪くてあやうく圧死するところだったのでしゅ」

「え。私、そんなに寝相が悪い方だったかしら」

「熱に魘《うな》されていたでしゅ。布団からすぐ出ちゃったでしゅ。その度にあの狐しゃんが、一生懸命葵しゃんを布団に戻していたでしゅ」

「う、うそ」

この無様な格好を見ていたら、自分がいかにゴロゴロしていたかは分かる。だけど、その度に銀次さんに迷惑をかけていただなんて。恥ずかしくて死にそうだ。

「葵しゃんがずーっと寝ていて、僕、はらぺこでしゅ」

「あら、勝手に何か食べていても良かったのに。きゅうりが冷蔵庫にあったでしょう?」

一瞬、チビは何だかとても不思議そうな顔をして小首を傾げた。

「んー……葵しゃんが起きるの、待ってたでしゅ」

チビは小さな指をくわえて虚空を見つめていた。それが何だか、いつものわざとらしいあざとさとは違い、素直に愛らしいと思ってしまった。

「ごめんごめん……すぐに、何か作るわ」

私はチビを掬《すく》い上げると頬をつつき、厨房に出て行く。

銀次さんは厨房の台に並ぶ、異界珍味市で買った様々な食材の扱いに、頭を悩ませているようだった。

「ああ、そうだ。色々と買ったんだったわね。ビーフシチューの材料や、小麦粉や、カレー用のスパイスや、その他諸々《もろもろ》……でも、今回は使えなかったわ」

「なに。これから沢山、使う事になりますよ。日持ちしないものは本館の厨房に譲りましたが、調味料等は、まだまだ使えますからね」

「そうね。作ってみたいもの、沢山あるの。また新しいメニューを考えていかないとね」

和風のお惣菜《そうざい》を使ったパンや、甘めの果実を擂《す》り下ろして作るカレーなど。

私の想像の中で、それらはこの隠世《かくりょ》に誕生するのを待ちわびている。あやかしたちに喜んでもらえる料理は、きっとまだまだあるだろう。

「あ、そう言えば……結局あの子、いったい何だったのかな」

ふと、私は今になって思い出し、疑問を持った事があるのだった。突拍子もない私の呟《つぶや》きを、銀次さんは不思議そうにして尋ねた。

「あの子とは？」

「座敷童《ざしきわらし》よ。金髪の座敷童の女の子」

「……金髪……？」

ピクリと、銀次さんの耳が動いた。

「以前この夕がおに座敷童の女の子がやってきたっていう話、銀次さん覚えている？　あの子、東の港町にもいたのよ。私、あの女の子に誘われるように、十字路へ飛び出してしまったんだわ」

そして、闇に捕われ、気を失った。この話は、銀次さんたちにはしていないと思った。

説明をするうちに、銀次さんの表情はみるみる、驚きと困惑の色を帯びる。

「……金髪……座敷童……」

その単語を繰り返し、彼は真面目な表情になり、顎《あご》に手を当てた。

何か思い当たる節でもあるのだろうか。

「銀次さん、どうかした？　もしかして知っているの？」

「い、いえ……すみません。金髪の座敷童なんて珍しいですからね」

「……？」

銀次さんはころっと表情を変えて、いつもの笑顔になる。

だけどどこか、いつもの銀次さんらしく無いと思った。

その日の夜。夕がおは焼きたてのパンの、香ばしい匂いで満ちていた。

お店を開く事は出来なかったのだけれど、私は我慢できずにバターロールを焼いたのだった。材料が目の前にあったからね。

焼き釜《がま》で焼いたバターロールは、奥深い味をしていてもちもちふわふわ。

びっくりするほど美味《おい》しく出来上がったものだから、私は他の持ち場から戻って来た銀次さんに興奮した様子でバターロールを見せた。そして二人で焼きたてのパンを食べながら、これが今後メニューに使えないかと話し合っていたのだった。

「失礼。葵君は、目を覚ましたか？」

そんな時に、思いがけず白夜《びゃくや》さんが訪ねて来た。私と銀次さんは揃ってぎょっとして、バターロールを食べる手を止めて、立ち上がって白夜さんに頭を下げる。

「お帳場長殿、お帰りでしたか。大旦那《おおだんな》様の代わりに八葉夜行会にご出席されたと聞いております。お疲れさまです」

「何。たいした事は無かったよ。嫌みや文句を言う輩《やから》には多少過去の話でもして、古傷を抉《えぐ》ってやった。すると面白い程に静かになるのだからな……ふふ」

「…………」

古傷を抉るとは、いったい……

白夜さんは愛用の扇子で口元を隠し静かに笑いながら、すぐ傍のカウンター席に座った。

「葵君に労《ねぎら》いをと思ってな。大変な事態に陥ったと言うのに、よくぞ今回のもてなしを成功させてくれた。縫《ぬい》ノ陰《いん》殿と律子殿とも話をしてきたが、お二方とも大変お喜びになっていた。葵君、君の料理を褒めていたよ」

「あ、ありがとうございます」

あの白夜さんが私を褒めている。これは天変地異の前触れかもと思いつつ、私は思わず胸を撫《な》で下ろした。ご夫妻が喜んでくださったのなら、嬉《うれ》しい。

「ご夫妻は七夕まつりまでご滞在される。律子殿はまた君に会いたいと言っていた。こちらに顔を出す事もあるだろう」

「……はい」

「何はともあれ、良くやってくれた。しかし随分と無茶をしたようだ。もう体は良いのか?」

「はい。すっかり元気になりました。明日《あした》からは、また頑張ってこの夕がおを開きます。まだまだ、未熟なお店だけど……」

一度店内を見渡した。私の居場所となりつつあるこの夕がおを。

一つ、山場を越えた事は、きっと私の自信になるだろう。そんな気がしている。

白夜さんはパチンと扇子を閉じて、僅《わず》かに笑みを作った。

「そうか……結構だ。頑張りたまえ。君たちの心配していた予算も、今回の成功を踏まえ、減額のところを若干の増額へと修正した」

「そ、そうがく?」

思いもかけない言葉が白夜さんから飛び出した気がした。私と銀次さんは声を合わせて驚く。

「何もおかしな事では無い。客入りも伸びてきたし、妖王家のご夫妻を招いたと言う事で箔《はく》もついた。来月からはうんと仕掛けると良い。予算があれば、まだ打つ手もあるだろう

「……なあ、天神屋《てんじんや》の招き狐」

白夜さんは、今度は銀次さんの方に視線を向ける。

銀次さんは少し目を見開いた後、きりっと真面目な表情になって「はい、必ずこの場所を成功させてみせます」と宣言した。

「よろしい。では励みたまえ」

白夜さんは席を立ち、早々に本館へと戻ろうとした。

「ちょ、ちょっと待って白夜さん！」

私は慌てて彼を引き止め、焼きたてのバターロールを全部、風呂敷《ふろしき》を敷いた竹籠《たけかご》に詰める。

「これ、持って行って」

そして、呼び止められ入り口付近で立ち止まっている白夜さんの元へと持って行った。

「……何だ、これは」

「バターロールよ。焼きたてのパン。良かったら、ええっと……〝あの子〟たちと食べて」

ひそひそ声で告げるも、白夜さんはびくっと肩を震わせた。

あの子たちとは、白夜さんが可愛がっている管子猫たちだ。

白夜さんは竹籠を押し付けようとする私の勢いに圧《お》され、うっと眉間《みけん》にしわを寄せ一歩下がった。しかし最終的に、何かを諦《あきら》めたような小さなため息の後、しぶしぶそれを受け取った。

楽しみな様子は微塵《みじん》も感じられなかったけれど、受け取ってくれただけでも嬉しい。

これは、私なりのお礼のつもりだ。

しかし白夜さんはふと、意味深な表情になった。

「そうだ……若旦那殿、宮中で〝折尾屋《おりおや》〟の連中に会ったよ」

「……え？」

この場の空気が変わった。ふと見た銀次さんの表情は強《こわ》ばっていて、私はそれに、とにかく驚かされた。

「もしかしたら、今回の事件、折尾屋が一枚噛《か》んでいるかもしれないな」

「……そう……ですか。ええ、あり得ます」

銀次さんの表情を、白夜さんは窺《うかが》っている。

私には何の事だかさっぱり分からない。

白夜さんは「失礼」と、今度こそ夕がおを出て、足早にお帳場へと戻っていった。バタ
ーロールの詰まった竹籠を持って。

「……銀次さん？」

私は銀次さんの様子が少し気になった。さっき、金髪の座敷童の話をした時と少し似ている。いつもは余裕のある落ち着いた彼が、先ほどから、少しばかり心乱している気がす

るのだった。いったいどうしたのだろう。

しかし銀次さんは、私がオロオロしているのに気がついて、すぐにニコリと微笑む。

「それにしても、良かったです。予算の増額ですって！　これはなかなかの快挙ですよ」

「え、ええ。そうね……これでまた、お店を続けられるわ」

「勿論《もちろん》です。まだまだ出来る事はあるでしょうから、これからも頑張りましょう。私も、手を尽くします」

「……ありがとう、銀次さん」

「はい。今後ともよろしくお願いしますね、葵さん」

銀次さんがいつもの調子で手を差し出してくれたので、私は彼の表情をまじまじと見ながら、その手を握った。銀次さんの手はひんやりとしていたけれど、優しく握り返してくれたので、何だか安堵《あんど》してしまう。

銀次さんは本当に落ち着く。優しいし、紳士だし、頼りがいがある。

それでも、銀次さんの先ほどの表情が、私は忘れられない。〝折尾屋〟という名が出た時のあの表情が。

私の前なので、無理をしていつもの笑顔を作っているのではないだろうか。

「……銀次さん、あの」

「ん？　何ですか？」

「…………いえ」

聞きたい事はあったけれど、やめた。また銀次さんに、あんな表情をさせたくは無い。

私は真面目な顔つきをして、銀次さんを見上げる。

「あのね、銀次さん。私に出来る事があったら言ってね。私、銀次さんのお願いなら何だって聞くって言ったでしょう。前に、銀次さんがいなり寿司を作ってくれた時に」

「……葵さん？」

「あれは嘘じゃないからね」

私が隠世に来たばかりの時、銀次さんだけは私に優しくしてくれて、お腹をすかせた私にいなり寿司を作って持って来てくれた。あの時どれほど心強く思ったか、銀次さんは知らないかもしれない。だけど、私はその時の恩を忘れてはいない。

きっと私の知らない何かを、銀次さんは抱えているのだ。

いつか事情を知った時、私に何か出来る事があると良い。

銀次さんはしばらくぽかんとして、不思議そうに私を見ていたけれど、やがてふっと微笑み、伏し目がちに「了解です」と返答してくれた。

さて。この数日間とても目まぐるしい日々だった。

今日からまた、私の日常は始まる。

あやかしたちの為の食事処で料理を作り続け、働くと言う、奇怪な日常が。

それは、後日。

七夕まつりの前日のお昼の事だった。

明日の為に店先に笹飾りを設置していたお茶時、天神屋に宿泊していた一人の女性が、この夕がおを訪ねて来たのだった。

「まあ、綺麗《きれい》な笹飾り。フロントのロビーにも大きな笹飾りがあったけれど、明日のお祭りがとても楽しみね」

「あ、り、律子さん⁉」

それは、妖王家の縫ノ陰様の奥方、律子さんだった。

はしごに登って、笹に飾りをつけていた。フロントのロビーの短冊や七夕飾りはとても派手だけれど、うちは予算が少ないので折り紙で……

「まだ開店前だというのに、ごめんなさいね」

「いえ、大丈夫です！　こんにちは」

私ははしごから降りて、挨拶《あいさつ》をした。

律子さんは今日もとても優雅な微笑をたたえている。

私は彼女をカウンターの席に案内して、明日のために用意していた笹餅《ささもち》と、冷えた笹茶を出した。

「あらまあ、ありがとう」

「いえ……先日は本当にすみませんでした、私、お見送りも出来なくて。これはほんのお詫《わ》びです」

私は深々と頭を下げる。だけど律子さんは「とんでもないわ」と言って、首を振る。

「無茶をさせてしまったのはこちらですもの。後から、事情を白夜さんに聞いたのですよ。それでね、あなたにお礼をと思って」

律子さんは大きな風呂敷を私に手渡した。

何だろうと思って風呂敷を広げると、平たい木箱が包まれていた。開けてみてと促されたので、そっと箱の蓋《ふた》を開ける。すると中には、とても美しい薄い布が。

それは半透明でとても軽やかな……でもやはりどこまでも、ただの布だった。

これ、何なのだろう。ストール？　何だかお香が焚《た》かれたような、良い匂いがする。

「それは羽衣です。妖都の上流階級、宮中の女性は皆身に纏《まと》うもの……」

「は、羽衣？」

そう言えば律子さんもその手のものを身につけている。

七夕らしいといえばらしい。だけどこれ、お値段がとんでもなく高いのではないかしら。

高貴な者が身につけていそうな、洗練された代物に思える。

「あの、どうしてこれを私に？　こんな高級そうなもの……」

「ふふ。あまり気になさらないで。私のお下がりなのだから」

「……？」

律子さんはずっと笹茶を飲んで、目を細めた。

「羽衣は新しい品物も良いけれど、こう見えてとても頑丈なので、受け継がれるべきものでもあります。年季の入った羽衣は艶《つや》めきを増し、霊力の類《たぐ》いを溜《た》め込み、良い品物になるのです。そして必ず、誰かに受け継がれなければならないもの……」

私には、何が何だか分からなかった。

律子さんがなぜ、この羽衣を私に持って来たのか。

羽衣が何の役割を担っているのかさえ。

「でも私、こんな高級そうなもの、貰《もら》えません。お食事のお代はちゃんと頂いています。私はただ、食事を作っただけで……食べていただいただけでも、ありがたいです。最後なんてお見送りも出来ずに、倒れてしまったのに」

戸惑う私に、律子さんはふっと笑いかけ、首を振った。

「いいえ。あなたは私にとって、懐かしい故郷の味を思い出させてくれた、とても素敵な料理人です。大変な目に遭って高熱があったのに、それを表に出す事無く、倒れてしまうまで頑張ってくれました。……私、あなたよりとっても年上のおばあちゃんだけれど、格好いいなと思ってしまったのですよ。そう、とても感心させられました」

「そんな……恐縮です」

もじもじとしてしまう。褒められるとむず痒《がゆ》い。

お料理に満足していただけたのはとても嬉《うれ》しいけれど、格好いいと言ってもらうにはあまりに最後が無様だったしな。

それに律子さんは、まだおばあちゃんという見た目ではない気がする。

「私ね、あなたの事情を白夜さんに聞いて、昔、隠世《かくりよ》にやってきて嫁入りした時の事を思い出しました。当時は私も、宮中に馴染《なじ》むまで、大変な思いをしたものです。妖都の宮中は、ほほ、なんと言うかとても陰湿な所でね。人間だからと、命を狙われた事も多々あって……」

「あ、やっぱりそうだったのですか」

天神屋でもこれなのだから、宮中なんてもっと大変だったのだろう。勝手なイメージだけど、高貴な人たちばかりで、嫉妬《しっと》とか陰謀とか渦巻いている気がする。

「でも、いったいなぜ律子さんは隠世に来たのですか？　縫ノ陰様とは、現世《うつしよ》で出会ったと、白夜さんからは聞きました」

「………」

律子さんは微笑を浮かべたまま視線を落とし、冷えた笹茶のグラスの縁に触れた。

薄い色のお茶の面は、ゆっくりとした昼下がりの空気の中、僅《わず》かに揺れる。

「当時、現世は戦時中でした。私は故郷と家族を失い、帰る場所を無くしてしまった身なのです……」

律子さんは現世での事を語り始めた。

長崎の、それなりに裕福な家に生まれ、不自由無く育ったこと。そして、親元を離れ女学校へと通っていたこと。

「当時私は、葵さん、貴女《あなた》とそう変わらない年齢でした。私は女学生でしたが、縫ノ陰様は、行きつけの書店で働いていた店員だったのです」

「しょ、書店で？　縫ノ陰様が？」

「面白いでしょう？　隠世の王族が、現世では人間に化けて働いていたのだから」

当時の事を思い出したのか、律子さんは口元に手を当て、ふふと笑った。

「縫ノ陰様と私はとても本が好きでした。書店で挨拶を交わすうちに、お互いの好みの本や作家を教え合い、会話が弾むようになりました。そのうちに一緒に居るようになったのです。そう……恋人と言う関係になりました」

律子さんは、現世で出会った縫ノ陰様を、本当にただの人間だと、少し年上の穏やかな青年だと思っていたらしい。本が好きという共通点が、二人を結びつけ、交流のきっかけを作ったとか。

ちなみに、お二人ともあの入道坊主の薄荷坊《はっかぼう》さんのファンなのですって。

「だけどね、ある日突然、縫ノ陰様は私の前から姿を消しました。私は理由が分からなくて、悲しくて寂しくて、縫ノ陰様をろくでなしだと思っていたのです。確かに結婚の約束なんてしていなかったのですけれどね、私は遊び慣れていなくて……純粋に彼を慕っていました」

「縫ノ陰様は、もしかして隠世に帰ってしまったのですか？」

「ええ。それは後から分かった事なのですが、縫ノ陰様には、強制的に隠世への帰還命令が出ていたのです。どうやら勝手に現世へやってきて、あのような貧乏青年を装い生活していたらしくて。縫ノ陰様の幼い頃の教育係だった白夜さんが、こちら天神屋よりかり出され、現世に派遣されたのだとか。おほほ、笑ってしまうでしょう？　縫ノ陰様は自由奔放な所がありますが、白夜さんにはめっぽう弱いのです」

「あ、あはは」

乾いた笑いが出てしまった。

なるほど、白夜さんとこのお二人の関係って、そこにあるのか。

律子さんは笹餅を黒文字で切って、口にする。

「ふふ、美味《おい》しい。これもあなたが？」

「……ええ。手作りで何だか繊細さに欠けるのですが」

「家庭的な味で素敵だわ。宮中にいると、洗練された小難しいお料理ばかりが出てくるので、素朴で素直な美味しさと言うのは、忘れがちだもの」

律子さんはしばらく、静かに笹餅を味わっていた。

笹茶を飲んで、一息ついて、彼女はまた語りだす。

「そうね……それから現世では、戦争がとてもとても激しいものとなって、私はある日、故郷と家族を失いました。現世でたった一人になってしまったのです。何が起こっていたのか、どうして良いかも分からない……誰も助けてくれない……孤独で、生きる希望も失いかけていた……そんな中、縫ノ陰様が再び私の前に現れました。あやかしの姿でね」

「あやかしの、姿で？」

「ええ。……そして私を、花嫁にすると言って、隠世へと攫《さら》っていったのです。一生大事にするから、どうかこちらへ嫁いでおいで、と」

その時は何が何だか分からなかった、と、律子さんは笑いながら言った。

だけど、現世に家族も帰るべき場所も無かった彼女は、縫ノ陰様の元へ嫁ぐ事を受け入れたのだと言う事だった。

「私はね、とても嬉しかったのですよ。全てを失った私を、縫ノ陰様が迎えに来てくれた事が。隠世の、周囲の反対を押し切ってまで、私を嫁にすると豪語してくださったのです。……私は救われました、あの方に」

「…………」

「たとえ縫ノ陰様があやかしでもかまわない。私はそう思ってしまいました。それは今もそうです。……ほほ、何だか良い歳をして、のろけ話みたいでごめんなさいね」

「いえ、そんなこと無いです」

強く首を振った。彼女の話は、何だかとても胸が締め付けられる。私にとっても、重要な事だと察していた。

「それで……あの、律子さんは、後悔していないのですか？　現世を去って、こちらへ嫁いだ事を」

「まるで後悔はありません。確かに、宮中はなかなか厄介な場所で、大変なこともありましたし、私も随分と泣かされました。ただ私は運が良い事に、味方も多く居ましたから。それにね、何と言っても縫ノ陰様が、私の一番の味方です。……約束を、あの方は今でも守り続けている」

「……約束」

それは、人とあやかしを繋《つな》ぐ大事なものだ。私もそれをよく知っている。

「縫ノ陰様のお姿の年頃が、私とそう変わらない事を、不思議に思いませんでしたか？」

「え、ええ。実は少し」

「ふふ。それはね、あの方がそのように化けているからです。あやかしと人間は、本来生きる時間の違う生き物。だけどあの方は、私に惨めな思いをさせないよう、同じ時間を生きる事が出来るようにと、見た目の歳の取り方を私に合わせてくれているのです。勿論《もちろん》、私はあの方より先にこの世を去るでしょうけれど……」

それは、あやかしと人間の夫婦の、必ず通る道だと、律子さんは言った。

あまりに切なくて、私は胸を押さえる。とても鼓動が速かった。

「でもね、人間だって隠世に居ると、少しだけ長生きになるのよ。知っていましたか？　葵さん」

「え？　いえ、全然知りませんでした」

「私、年齢の割に若く見えないかしら？」

お茶目な様子で、律子さんは自らの頬を指でつついた。

確かに、戦前の生まれでありながら、その見た目はいわゆる五〇代と言うかその辺で、髪も艶《つや》やかな黒い色をしている。実際、私に母が居たらこのくらいだったのではと思わされる若々しさだ。

「ええ。実はその事も、少し不思議に思っていました。何だかすみません」

「ほほ、良いのよ。だって私も、自分で若作りだなあと思うもの。そうなの、これは隠世の食べ物に、妖的な成分が含まれているからなのですって。霊力とも言うわね。隠世の食べ物を食べ続ければ、人間とは言え、少しばかり妖的な存在になってしまうのです」

「え、ええええええ!?」

私は仰天して、一歩後ずさる。

そんな事、誰も教えてくれなかったし誰も言っていなかった。

今までかなり、こちらの食べ物を食べてきたと思うのだけど！

「まあまあ、そんなに驚かないで。嫌な事ではないと思うわ。人間である事に変わりはないもの。ただ少しだけ、老いを遅らせて長生きになるの。それでもあやかしには、到底敵《かな》わないわ」

「………」

「あらあら、固まってしまって。こちらの大旦那様《おおだんなさま》は、若い花嫁にその事を伝えるのは控えていたのかしら」

「ええ全然聞いてないですねえ」

流石《さすが》に少しびっくりした。別に怒ってはいないけれど、単純に驚いている。

今度大旦那様に詳しく聞いてみようかしら。

「って、あのですね律子さん、私、まだ大旦那様に嫁入りすると決まった訳では……」

何だか律子さんまで、私が大旦那様に嫁入りするものだと考えている様だったので、慌てて否定しようとした。律子さんは微笑ましいと言いたげに笑う。

「そうでしたね。あなたはあの津場木史郎《つばきしろう》の孫娘。借金のかたに、天神屋へと嫁入りさせられる人間の娘……」

「勿論です。お会いした事はありませんけれどね。でもとても有名な方ですもの。私の愛読する本にも、津場木史郎をモデルにした物語は沢山あるのですよ。ある意味伝説の人間です」

「ほ、ほお……」

もはやおじいちゃんは伝説の人間らしい。隠世からしたら、おじいちゃんって本当に、異界からやってきた恐怖の大王という感じだったのかしら。

「でもね、葵さん。……あやかしとはとても一途《いちず》で、約束を忘れられません」

「……え？」

「それに、今はまだ決められなくとも、先の事は何も分からないわ。だからね、備えあれば憂い無し、というものです」

スッと立ち上がった律子さんは、私がずっと抱えていた羽衣を一度受け取り、広げ、私の体を包むように、それを纏《まと》わせた。

ふわりと、品のあるお香の香りが、私を包む。

「私にはもう必要の無いものですから、この羽衣はあなたに。私もこれを、とある人間の奥方にいただきました。要するにこれは、ここ隠世《かくりよ》に嫁いだ人間の娘に受け継がれてきたものです。この先、あなたは大妖怪《ようかい》の花嫁として、様々な場所でその存在を露《あらわ》にする必要があるでしょう。その時、悪意を持ったあやかしたちに、決して付け入る隙を与えない様に」

「……律子さん？」

「この羽衣は、人間と言う圧倒的な弱みを、少なからず覆い隠してくれるでしょう。年寄りの戯言《ざれごと》ではあるけれど、これを戒めとしてくださいな」

「……戒め」

律子さんは真剣な表情だった。いつも穏やかな彼女の口調も、少しだけ強調されたものだった。

おそらくそれは、とても大切な事だからだ。

与えてくれた羽衣に、今一度触れる。それは透き通った薄い布なのだけれど、深い色合いの中に、長い年月受け継がれてきた、重い何かがあるように思える。

あやかしに嫁いだ律子さん。

彼女がこれを、私に与える意味を、私は深く考えなければならないのかもしれない。

「ありがとうございます。この羽衣を、頂く事にします」

「ええ、いつか使ってあげてちょうだい」

「でも私には勿体《もったい》ないな。馬子にも衣装とは言うけれど……何だか似合わない気がします」

「あら、そんな事は無いわ。あなたにはぴったりだと思うわよ。それに、その羽衣はとても美しいの。ね、こちらへ来てくださいな」

律子さんは私の手を引いて、夕がおの外へと連れ出した。

今日はとても天気が良くて、太陽の光が目映《まばゆ》い。夏を目前にした中庭は鮮やかな緑で溢《あふ》れている。懸命な蝉の鳴き声も、すぐ傍の柳の木から聞こえてくる。

「……わあ」

そして、私の纏う羽衣は、その陽光と新鮮な空気に触れて、七色を帯びる。

あまりに薄いその布は、風に揺れる度に色を変えるのだ。本当に、天女の羽衣の様。

「それは、七星《ななほし》羽衣という名があります。かつてこの隠世に降り立った、高天原《たかまがはら》の女神様が身につけていたという逸話がある品物です。季節によって、その色の味わいを変えます。春は麗らかに、夏は艶やかに、秋はしとやかに、冬は静やかに……」

靡《なび》く羽衣は、確かに力強い脈動を感じる、そんな色をしている。

「ああ、やはり夏の色合いは良いですね。私は、夏のこの時期の七星《ななほし》が、一番好きですよ」

律子さんはうっとりとした表情で、風に揺れる羽衣を撫《な》でた。

「確かにとても綺麗《きれい》。今日は少し暑いのに、何だか涼しい気もします」

「ええ、隠世の羽衣はとても有能です。体温調節もしてくれるのですよ」

「そうなんですか？　なら、夏は快適ですね」

「…………」

「律子さん？」

律子さんはおもむろに羽衣から視線を逸らし、空を見上げた。あまりに青い、そろそろ入道雲もお出ましと言う空を。

一度、強く温かい風が吹いて、七星羽衣は私と律子さんの間を流れ、舞った。

羽衣越しに見た律子さんの表情は、消え入りそうな程、儚《はかな》いものの様に思えた。

悲しいと言うよりは、どこか清々《すがすが》しいのに、それでも深い感傷に浸っているような、遠く遠く、置いてきた遥《はる》か彼方《かなた》の世界を思っている瞳《ひとみ》。

悲しいのか、寂しいのか、懐かしいのか、嬉《うれ》しいのか。

私には、それの意味する本当のところは、何も分からなかった。

だけど、律子さんや、彼女の夫である縫ノ陰様、二人を見守っていた白夜さんにしか分からない、その当時の大切な記憶や思い、物語と言うものはあるのだろう。

きっとこの隠世にやってきた人間の花嫁たちは、それぞれの物語を持っているのだ。

頂いた羽衣は、そんな、あやかしに嫁いだ花嫁たちの複雑で愛《いと》おしい思いを抱き続けてきたに違いない。

私たちは再び夕がおに戻って、また多く語り合った。

律子さんには五人の息子がいると言う事、宮中での面倒な事、白夜さんのやかましい事、縫ノ陰様の面白い事。

私もまた、今の時代の現世の事や、ここへやって来たいきさつ、まだほんの数ヶ月だけど目まぐるしく起こった出来事、出会ったあやかしたちのことを語った。

そこにはまるで、久々に出会った女友達と会話しているかのような、安心感と懐かしさがあった。私は律子さんの優しさや、雰囲気や佇《たたず》まいに大きな憧《あこが》れを抱いてしまい、またぜひ夕がおに遊びに来てくださいと、念を押してしまった。

律子さんもまた、美味《おい》しい料理を食べに来ますと言って、ここを去った。

次に会った時、何のお料理を振る舞えるだろう。

今からそれが、とても楽しみなのである。


翌日の七夕まつりは、ここ鬼門の地の全てを巻き込んだ、一大イベントとなった様だ。

とは言え、私は夕がおのきりもりに必死で、それを満喫する事は出来なかった。今日は銀次さんも他の企画に引っ張りだこで、夕がおのピーク時以外は、一人でお店を回さなければならなかったからだ。

メニューは七夕まつりに合わせて、そうめんのお膳《ぜん》を用意した。

そうめんはここ隠世でも親しまれている食べ物らしく、七夕の日にあやかしたちは好んで食べるそうだ。夕がおにやってきたお客も、そうめん膳を頼む事が多かった。

この日は銀天街《ぎんてんがい》に出て行くお客様が多く、以前のように行列ができる程ではなかったけれど、そこそこの客入り。それでもとにかく目まぐるしく、私は一生懸命、熱気の籠《こも》った厨房《ちゅうぼう》でお料理を作り続けた。

「ごちそうさまでした」

その言葉を聞くと、ホッとする。最後のお客のお勘定が終わり、のれんをくぐってこの夕がおを出て行った時、長く息を吐いた。

ああ、今日も一日が無事に終わった。熱かったなー、と。

「天の川、あんなに見えるなんて……きれー……」

後片付けをした後、奥の間にある縁側から空を見ていた。

隠世の夜空は、現世のものとそれほど変わらないと思う。星座の並びも。

いったいどういう事かしらね。でも、星の輝きが強く、夜空が少し近い気がする。

時々、この縁側に飾った風鈴がちりんちりんと鳴るのが心地よい。

せっかくなのでこの満天の星を見上げ、風鈴の音色を楽しみながら、残り物のそうめんでも食べようと思っていた。

そんな時、ふらりと大旦那《おおだんな》様が訪ねて来た。大旦那様は外から縁側に座り込む。

「やあ、葵」

「あら。大旦那様、どうしたの？」

「いやなに、お前の顔が見たくなっただけだよ」

「ふーん、今日は七夕まつりでしょう？　天神屋のみんなは忙しいらしいけれど、大旦那様がサボっていていいの？」

「手厳しいな。なに、心配は要らない。そろそろ七夕まつりは終わる。天神屋での企画は全て、滞り無く上手《うま》くいった。あとは……そうだなあ、この天の川の星の流れを見送りながら、そうめんを食べないと、僕の七夕は終われないよね」

「何よ。残り物しか無いわよ」

「十分だよ」

気分が良いのだろうか。大旦那様はお酒を少し飲んでいるみたいだ。

大旦那様ともあれば、この日はあちこちに顔を出したりしたのだろう。何だか少し疲れている気もしたので、私はしぶしぶ座布団を持ってきた。自分の分と、大旦那様の分。

「ちょっと待っていて。すぐにそうめん、ゆがいてくるから」

大旦那様は聞いているのかいないのか、縁側に座り込み星空を見上げていた。

私はすぐに厨房へと戻り、そうめんの用意を始める。お湯で麺《めん》をゆがいて、大きめの妖都切子の氷水に浸《つ》ける。それだけでそうめんは、涼しげな流れを描く。

他のお皿に、おくらやきゅうり、しそやみょうが、錦糸卵《きんしたまご》などの王道の具を添え、星形にくり抜いた食火鶏《ひくいどり》のムネ肉の薄味チャーシュー……は残っていなかったのでくり抜いた外側のチャーシューを添える。星形チャーシューはお客様に好評だったな。

全部残り物だから量にばらつきがあるけれど、まあ良いわよね。

「はい、おまたせ〜」

お膳に載せて、そうめんを縁側まで運んだ。大旦那様はまだ天の川を見上げながら、ただそこでのんびりと座っていた。その背中は、何だか少し寂しげだ。

「ああ、できたか。しかし腹が減ったな」

「あやかしは一ヶ月くらい何も食べなくても生きていけるって銀次さん言っていたわよ」

「何だ葵、お前は僕をギリギリの所で生きながらえさせるつもりかい。とんだ鬼嫁だ」

「う……そういう話を聞いたから、お腹が減るのも比較的遅いのかなと思っただけよ」

「まあ確かに生きていけるが、苦しい事は苦しい。苦しいのが長く続くと言うだけだよ」

「………」

何だかその言葉を聞いていると、私はいてもたってもいられず、おつゆを入れたお椀《わん》を手渡し、「ほらたくさん食べなさいよ」と急《せ》かした。

そしてふと思い出す。地下の蔵に閉じ込められていた私を助けてくれたのは、そう言えば大旦那様だったな、と。

「ねえ大旦那様」

「ん？　なんだ」

みょうがをおつゆに入れて、そうめんを啜《すす》りながら、大旦那様はチラリとこちらを見た。

私は真面目な顔で、そうめんのお膳越しに彼と向き合っている。

「あの地下蔵に捕まっていた私を助けてくれたのは、大旦那様だったのでしょう？　その
……ありがとう」

「…………」

「……お礼、言い忘れていたなと思って」

大旦那様は食べる手を止め、ふっと笑う。

飾ったばかりの風鈴が、一度ちりんと鳴った。

「お前は本当に律儀だな。僕は、自分の花嫁を助けたまでだ。当然のことだろう？」

「……まあ、つっこみどころは多いけれど、今日はつっこまないであげる」

ふんとそっぽを向き、私もそうめんを啜った。

具材と一緒に食べるのが好きだ。そうめんは現世《うつしょ》でも、夏になればよく食べていた。輪切りにしたおくらは何だか星の形にも見える。甘めのカツオ出汁《だし》の麺つゆと、つるんとのどごしの良い繊細なそうめんは、やはり王道で美味しい。

「でも私って……本当にあやかしに助けられてばかりだわ」

さっきの話の続きを、私はおもむろに語り始めた。大旦那様は、またチラリとこちらに視線を流す。

「何を言っている。あやかしに命を狙われてばかり、だろう?」

「まあ、そうなんだけど……」

何だか上手く言葉にできない。

幼い頃に私を助けてくれたあやかしがいた事。

そして数日前、閉じ込められた地下の倉庫から私を助けてくれた大旦那様。

その姿を、あの意識の曖昧《あいまい》としたギリギリの最中《さなか》、重ね合わせてしまったなんて……

この話をしたら、大旦那様はどう思うかな。また笑うかしら。

「そうめんは良いな。いくらでも食べられそうだ」

大旦那様はそうめんに夢中だ。切子鉢から掬《すく》って、次々に食べていた。

そんな様子に不思議と笑みがこぼれ、私も止めていた箸《はし》を動かす。

「夏の風物詩よね。湯がいている間は暑いけれど、食べる時は涼しいもの」

「はは。やっぱり厨房は暑いかい?」

「そりゃそうよ。これからもっと熱気に苛《さいな》まれるでしょうね。もうちょっと快適な厨房にしてくれても良いんじゃないの」

「夏は氷柱女《つらら》の氷を一つ、外に出しておけば良い。それだけで、とても涼しくなるよ」

「ああ……そっか」

大旦那様から良い事を聞いた。いよいよ夏が到来したら、試してみよう。

まあでも、料理の過程で発生する苦労は、それほど嫌いではない。だって最後には、美味しい料理が出来ているのだから、達成感や満足感はある。

最近ではそれが個人単位の話では無く、誰かに美味しかったと言ってもらえる事がとても嬉しくて、厨房に立っている気がする。

「美味しいよ、葵」

「……ふん。そうめんはゆがくだけよ。誰だって美味しくできるわ」

「だが、小さなこだわりというのは、お前が思っている以上に客には伝わっているものだ」

大旦那様は、星形にくり抜かれたチャーシューの〝外側〟を箸で摘《つま》んでいた。一口で食べてしまって、何やら一人で頷《うなず》いている。

「しっとりと柔らかくて、星形と言うのも愛らしい。この手の飾り付けは隠世では珍しいしな。食べ慣れたそうめんとはいえ、客は新鮮味を感じただろう」

「……ここには残り物の外側しかなくて、悪かったわね」

大旦那様に残り物を振る舞うのは、今になると何だか失礼な気がしてきた。

大旦那様もまた、「そうだなあ」と物憂げである。

「僕に残り物を振る舞った者は、お前が初めてだよ葵」

「ああ、やっぱり⁉」

「でもそれが嬉しいと思ったりもする。要するにお前は僕を、そのように身近な……そう、それこそ家族のように思っているのだろう！」

「ものは言い様ね」

物憂げな空気を一変させ、大旦那様は何だか自信と期待感に溢《あふ》れる表情をしていたので、こちらは冷静に、かつ淡々と切り返した。

「それに、余り物には福があると言う。外側の方が鶏皮も残っていて、何だか得をした気分だな」

「そうなのよね……鶏皮が一番味を染み込ませているから、実は一番美味しいところだったりするのよね。見栄えは悪いけれど、何だか余らせるのも勿体《もったい》なかったから」

食べ過ぎも良く無いかと思うけれど、それでもやっぱり美味しいのだもの、鶏皮。

私たちはぽつぽつ話をしながら、そうめんを食べた。

もうすぐ夜明けと言う時間帯。隠世の賑《にぎ》わいもそろそろ落ち着いて、既にとても静かだ。

初夏の夜風は昼間の暑さに比べると、幾分涼しく、過ごしやすい。

そうめんを食べながら、天の川の無数の星を見上げて、感慨に耽《ふけ》る。さらさらと、七夕のために飾り付けていた笹の葉の音が、ここまで聞こえてくる。

何だか自分もあやかしの生活リズムに慣れて来たみたいだ……

「あ、そうだわ。私聞きたい事があったの。隠世の食べ物を食べると、妖的な存在になって長生きになるって律子さんに聞いたのだけれど、本当？」

「おや。知らなかったのかい？」

「知らないわよ、そんな事」

隠世の常識は、私にとっての非常識だ。お互いの反応から文化の差を感じる。

「そりゃあ、こちらの食材には妖的なものが多いからな。前にろくろ首の六助《ろくすけ》さんが、お前からきゅうりの霊力の匂いがすると言っていただろう。あれは、この世界の食べ物にそういった力が宿っていると言う事だ」

「ああ……そう言えば」

と言う事は、あのろくろ首の六助さんは、私から自分の農園のきゅうりの霊力を嗅《か》ぎ取ったと言う事だろうか。それも凄《すご》い話だ。

「肉も野菜もあやかしが育てている。また肉はあやかしである事もあるし、野菜や果実は、隠世の空気に触れ、水と土に育まれる。故に、霊力を宿す。また隠世の食物が宿している霊力とは、命の源だ。霊力が多い食材を食べれば食べる程、人はあやかしに近い存在になり、長生きになるのだ」

「へえ。そうなんだ」

「ちなみにこれらの食材は、お前が調理する事によって、体へと取り込まれる霊力量はかなり増加する、という結果が出ている」

「何の研究結果よ。……はあ、でもそっか。私はもう完全にこちらの食べ物に染まっていそうね……」

　こちらの食べ物を、自分の料理でよりいっそう妖的なものにしていたのだから世話無い。

「というか、お前はそもそもから、妖的な存在なのだがな」

「え、そうなの？　霊力があるから？」

「そうだ。現世でも、霊力があるが故に、あやかしに狙われていただろう？　それは、あやかしが霊力を内蔵したものを、食べたくて仕方が無いからだよ。隠世に比べたら、現世にはそれが少ない」

「なるほどね。じゃあ、私は元々妖的で、寿命が長いって訳ね」

「……そう言う事だ。まあ、お前の場合は……また特別だろうがな」

「……？」

　どういう意味だろう。おじいちゃんの孫だからかな。

　でもおじいちゃんはたぐいまれな霊力を持った凄い人間だったらしいけれど、長生きではなかったわよね。あれは、事故で死んじゃったからかな。

大旦那様《おおだんな》はそこのところを詳しく説明する事は無かった。

「ああ、何だかとても眠たくなってきた……」

食べ終わった大旦那様は、縁側でごろんと横になって、肘《ひじ》を立てて枕にする。

「ちょっと、なにくつろいでるのよ」

「僕はもうここで寝ようかと思う」

「冗談はやめてちょうだい。私だって眠りたいのに」

「うーん……じゃあ一緒に寝よう。新妻を胸に抱いて眠るのであれば僕もとても良い夢が見られるだろうね」

「は？　じゃあそこから庭に突き落とすから勝手に新妻の夢でも見てなさい」

ほら、起きてよ、と大旦那様の羽織を引っ張った。

だけど大旦那様は本当に眠たかったのか、目を閉じて起きやしない。本当に、こんな場所で寝てしまったみたいだ。

「……全く」

まあ、確かに今、この場所はとても心地よい。空気は澄んでいて、風鈴の音はちりちりと涼しげで、夜空の星の瞬きと響き合っている。

それにしても、いつも余裕めいた大旦那様の寝顔は、思いのほかあどけないな。私は羽織を引っ張るのを止めて、傍に座り込み、大旦那様の顔をじっと観察してしまった。

こんな時に、律子さんの言葉を思い出した。先の事は、何もわからない、と。

私、この鬼と結婚するのかな……

「いえ、それは無いわ」

低い声で否定できる私。まだまだ、嫁入りするつもりなどない。

ふいに、髪に挿した簪《かんざし》の、椿のつぼみに触れる。

最初より膨らんだとは言えつぼみはつぼみ。先端の花びらがちょっとだけ主張し始め、懸命に開こうとしている気配はあれど、目立った変化などここ最近無いのだから。

「でも、仕方が無いわね……いいわ、布団を持ってきてあげる」

ただこんな場所で眠ってしまう大旦那様は、まだ可愛げもあるかも、と思った。

そうめんのお膳《ぜん》やお椀《わん》を厨房《ちゅうぼう》まで運び、ついでに押し入れから薄手の布団を取り出して、縁側で眠る大旦那様の元まで持っていく。

私は大旦那様に布団をかけて、また顔を覗《のぞ》き込んだ。人の寝顔を見つめるのは、あまり良い趣味ではないかもしれないけれど、何だかとても興味深いと感じたのだ。

前髪が不規則に散らばって、顔を隠しがちだったので、そっと払ってみた。

「おやすみなさい……大旦那様」

天の川はゆっくりとその目映さを失い始めた。

朝の到来を予感させる、薄《うっす》らと明るみを得始めた空の色。七夕の夜明け。柔らかい風と、呼応する風鈴の音色。

眠る大旦那様の傍らで、薄く瞬く星を見送る。

胸元に仕舞っていた丸い緑色の石をごそごそと取り出し、明け方の空に掲げてみた。

その石に閉じ込められた弱々しい鬼火は、空に浮かんだいびつな星となる。

「彦星《ひこぼし》と織姫《おりひめ》は無事に会えたのかな……」

ふと、七夕の伝説が頭をよぎった。

出来る事なら、素敵な再会をしていてほしい。

ロマンチックな恋心にまるで疎い私でも、今ばかりは彼らの再会を思い、掲げた石を優しく握りしめたのだった。

あとがき

おひさしぶりです。友麻碧《ゆうまみどり》です。

おかげさまで『かくりよの宿飯』第二巻となりました。

今回は温泉地らしいお話をいくつか盛り込んだのではありますが、皆さん、温泉はお好きですか？　私は温泉大好きなのですが、お湯に長くは浸かっておれぬ軟弱者です。でも大好き。ここ最近は、湯布院《ゆふいん》、原鶴《はらづる》、玉造《たまつくり》温泉に行ってまいりました。

温泉大国日本に数ある温泉地ではありますが、中でも日本一の源泉数、湧出量を誇る泉都、大分県の別府《べっぷ》温泉について。私は小学生の頃、父の転勤の都合で別府に住んでいた時期があり、その頃は毎日温泉に入っていたのですが、小坊の私は温泉のありがたみなどちっぽけも理解しておらず……。家外にある共有のお風呂場《ふろば》で、家族ごとに空きを見て順番に使っていたので、雨の日などいちいち外に出てお風呂《ふろ》に行くのを面倒に思っていました。今思えば、毎日温泉に入っていたなんて贅沢《ぜいたく》な話です。

別府の町はとても不思議です。本当にびっくりするくらい、あちこちから湯煙が立ち上り、かなり特殊な景観を作り出しています。道路脇の排水溝にも温泉が流れているため、冬の登下校は排水溝の上を歩いていました。なぜかというと、排水溝の所々の溝から湯気が立ち上り、とても温かかったからですね。硫黄臭かったのではありますが、小学生がぞろぞろと排水溝の上を歩いていたあの冬の光景は、温泉地ならではの風物詩だったのではなかろうかと、懐かしく思います。

今回、お話の中で出てきた「とり天」は、大分の郷土料理がモデルです。とり天は別府を起源とする諸説もあり、私もまた、よく食べ慣れた母のお料理でした。

あまりにもよく食べるので全国的なお料理だと思っていたら、東京に出て来てそうではないと知って驚き……まあ、こう言う事は、よくあることです。お醤油《しょうゆ》しかり。

機会がありましたら、ぜひ別府温泉を楽しみ、とり天を頬張ってみてください！

担当編集様。二巻に繫《つな》ぐ事が出来たのは編集様のおかげです。何かと落ち着きの無い友麻の執筆を支えてくださって感謝ばかりです。Laruha様には今回も素敵な表紙をいただきましてありがとうございます。キャラクターも皆素敵で、感無量でございます！

そして、読者の皆様。皆様のおかげで、かくりよの世界の、あやかしとお料理を巡るお話の続きを書く事ができました。本当にありがとうございました。

続きの物語でも皆様にお会い出来ますことを、心より願っております。

友麻碧

お便りはこちらまで

〒一〇二―八五八四
富士見L文庫編集部　気付
友麻碧（様）宛
Laruha（様）宛

富士見L文庫

かくりよの宿飯《やどめし》　二
あやかしお宿《やど》で食事処《しょくじどころ》はじめます。

友麻《ゆうま》 碧《みどり》

平成27年9月20日　初版発行

発行者　三坂泰二
発　行　株式会社KADOKAWA　http://www.kadokawa.co.jp/
〒102-8177　東京都千代田区富士見2-13-3
電話　03-3238-8521（カスタマーサポート）
　　　03-3238-8641（編 集 部）

印刷所　旭印刷
製本所　本間製本
装丁者　西村弘美

ISBN 978-4-04-070679-5 C0193 Printed in Japan

第4回
富士見ラノベ文芸大賞
原稿募集中!
賞金
大賞 100万円
金賞 30万円
銀賞 10万円
応募資格
プロ・アマを問いません
締め切り
2016年4月30日
※紙での応募は出来ません。WEBからの応募になります。
最終選考委員
富士見L文庫編集部
投稿・速報はココから!
富士見ラノベ文芸大賞WEBサイト http://www.fantasiataisho.com/
新しいエンタテインメント小説が
切り開く未来へ――
イラスト/清原紘